ABC der Tiere 4

Sprachbuch

Lösungen zur Selbstkontrolle

ABC der Tiere 4 – Sprachbuch bestehend aus Buch und **Lösungsbeilage**
Bestell-Nr. 4402-31 · ISBN 978-3-619-44231-7

Illustration: Heike Treiber

Mildenberger

Lösungen zur Selbstkontrolle

Was habe ich gelernt? – 1 (Seite 14, 15)

Aufgabe 1: ein Baum – viele Bäume, eine Lehrerin – viele Lehrerinnen, ein Ding – viele Dinge, ein Fisch – viele Fische, eine Flasche – viele Flaschen, ein Gesicht – viele Gesichter, eine Woche – viele Wochen, eine Zeitung – viele Zeitungen, ein Loch – viele Löcher, ein Hals – viele Hälse, ein Mensch – viele Menschen, eine Nase – viele Nasen

Aufgabe 2:

konkrete Nomen	abstrakte Nomen
das Heft	die Wut
das Bein	die Trauer
die Tanne	der Zorn
das Pferd	das Lob
der Brief	die Erfahrung
der Schuh	der Mut
das Kind	die Idee
der Topf	die Tapferkeit
der Fisch	der Wunsch

Aufgabe 3: erleben – das Erlebnis, üben – die Übung, wagen – das Wagnis, ärgern – das Ärgernis, zeugen – das Zeugnis, stören – die Störung, werben – die Werbung, beschreiben – die Beschreibung, besprechen – die Besprechung, erzeugen – das Erzeugnis, verzeichnen – das Verzeichnis, hindern – das Hindernis, retten – die Rettung

Aufgabe 4: krank – die Krankheit, freundlich – die Freundlichkeit, ehrlich – die Ehrlichkeit, schön – die Schönheit, selten – die Seltenheit, deutlich – die Deutlichkeit, blind – die Blindheit, ewig – die Ewigkeit, berühmt – die Berühmtheit, sparsam – die Sparsamkeit, wild – die Wildheit, frech – die Frechheit, sicher – die Sicherheit, fröhlich – die Fröhlichkeit, fähig – die Fähigkeit, flüssig – die Flüssigkeit

Aufgabe 5: die Ähnlichkeit, das Geheimnis, die Fälschung, die Dunkelheit, die Traurigkeit, die Finsternis

Aufgabe 6, 7: individuelle Lösung

Was habe ich gelernt? – 2 (Seite 26, 27)

Aufgabe 1:
[geh]en: ich gehe, du gehst, er geht, wir gehen, ihr geht, sie gehen
[rat]en: ich rate, du rätst, er rät, wir raten, ihr ratet, sie raten
[les]en: ich lese, du liest, er liest, wir lesen, ihr lest, sie lesen
[lauf]en: ich laufe, du läufst, er läuft, wir laufen, ihr lauft, sie laufen
[ruf]en: ich rufe, du rufst, er ruft, wir rufen, ihr ruft, sie rufen

schlaf en: ich schlafe, du schläfst, er schläft, wir schlafen, ihr schlaft, sie schlafen
geb en: ich gebe, du gibst, er gibt, wir geben, ihr gebt, sie geben
sprech en: ich spreche, du sprichst, er spricht, wir sprechen, ihr sprecht, sie sprechen

Aufgabe 2:

singen: er singt – er sang – er hat gesungen
brennen: er brennt – er brannte – er hat gebrannt
fliehen: er flieht – er floh – er ist geflohen
wachsen: er wächst – er wuchs – er ist gewachsen
leiden: er leidet – er litt – er hat gelitten
springen: er springt – er sprang – er ist gesprungen
beginnen: er beginnt – er begann – er hat begonnen
gießen: er gießt – er goss – er hat gegossen
waschen: er wäscht – er wusch – er hat gewaschen
steigen: er steigt – er stieg – er ist gestiegen
greifen: er greift – er griff – er hat gegriffen
liegen: er liegt – er lag – er hat gelegen
kriechen: er kriecht – er kroch – er ist gekrochen
ziehen: er zieht – er zog – er hat gezogen
scheinen: er scheint – er schien – er hat geschienen
schieben: er schiebt – er schob – er hat geschoben
schreiben: er schreibt – er schrieb – er hat geschrieben
vergessen: er vergisst – er vergaß – er hat vergessen
schlafen: er schläft – er schlief – er hat geschlafen

Aufgabe 3:

Einkaufen früher und heute

Die Menschen produzieren heutzutage immer mehr Abfall. Vor 100 Jahren kauften die Leute auf dem Markt oder im Dorfladen ein. Die Verkäuferin packte die Lebensmittel in mitgebrachte Behältnisse. Beim Einkauf fiel nicht viel Abfall an.
Heute gehen die Menschen in den Supermarkt. In den Regalen stehen die Lebensmittel in bunten Verpackungen aus Karton oder Kunststoff. Zum Transport verwenden die Menschen häufig Plastiktüten. So entsteht eine ganze Menge Müll.

Aufgabe 4:

Till Eulenspiegel als Bäckergeselle

Als Till bei einem Bäcker arbeitete, formte er aus dem Teig lauter Eulen und Meerkatzen und schob sie in den Ofen. Am Morgen kam der Bäcker und schrie: „Was hast du da gemacht?“ „Ich habe Eulen und Meerkatzen gebacken. Zuerst habe ich den Teig geformt und alles mit Eigelb bestrichen. Dann habe ich Rosinen als Augen hineingedrückt.“
Zornig warf der Bäcker Till mitsamt den Backwaren hinaus. Till aber verkaufte das Gebäck und verdiente viel Geld damit.

Lösungen zur Selbstkontrolle

Aufgabe 5: Wir machen Feuer mit Feuerstein und Zunder

Wenn wir wie die Steinzeitmenschen Feuer machen wollen, brauchen wir einen eisenhaltigen Stein als Feuerschläger, einen Feuerstein und trockenen Zunder. Zuerst schlagen wir den eisenhaltigen Stein gegen den Feuerstein, bis Funken sprühen. Fallen die Funken auf den Zunder, beginnt dieser zu glimmen. Durch vorsichtiges Pusten züngeln kleine Flammen empor. Nun müssen wir Brennmaterial nachlegen, damit das Feuer Nahrung bekommt und auflodert.

Aufgabe 6: Versuchsbeschreibung zum Thema: Eine Büroklammer auf dem Wasser

Frage:	Kann eine Büroklammer schwimmen?
Material:	eine Büroklammer, ein Glas Wasser, ein Stück Löschpapier
Vermutung:	Die Büroklammer geht unter.
Durchführung:	Ich lege das Stück Löschpapier auf die Wasseroberfläche. Darauf setze ich vorsichtig die Büroklammer.
Beobachtung und Ergebnis:	Sobald sich das Stück Löschpapier mit Wasser vollgesogen hat, sinkt es zu Boden. Die Büroklammer liegt auf der Wasseroberfläche.
Erklärung:	Die Oberflächenspannung des Wassers ist so stark, dass sie die Büroklammer trägt.

Was habe ich gelernt? – 3 (Seite 40, 41)

Aufgabe 1: mutig, himmlisch, dreckig, endlich, neugierig, stachlig, ratsam, rechtlich, richtig, deutlich, spöttisch, nützlich, strebsam, stürmisch, fällig

Aufgabe 2:

Grundstufe	1. Vergleichsstufe	2. Vergleichsstufe
schlecht	schlechter als	am schlechtesten
schwer	schwerer als	am schwersten
tief	tiefer als	am tiefsten
schwierig	schwieriger als	am schwierigsten
schlimm	schlimmer als	am schlimmsten
lang	länger als	am längsten
alt	älter als	am ältesten
klein	kleiner als	am kleinsten
teuer	teurer als	am teuersten
hart	härter als	am härtesten
breit	breiter als	am breitesten
stark	stärker als	am stärksten

Lösungen zur Selbstkontrolle

Aufgabe 3: federleicht, spiegelglatt, blitzschnell, nagelneu, dunkelblau, nasskalt, blassrosa

Aufgabe 4: Waldbrände entstehen häufig bei Trockenheit.
Bei Trockenheit entstehen häufig Waldbrände.
Entstehen durch Trockenheit häufig Waldbrände?
Bei Wind breiten sie sich schnell aus.
Sie breiten sich bei Wind schnell aus.
Breiten sie sich bei Wind schnell aus?
Sie werden für Menschen und Tiere gefährlich.
Für Menschen und Tiere werden sie gefährlich.
Werden sie für Menschen und Tiere gefährlich?
Die Feuerwehr bekämpft die Waldbrände mit Löschfahrzeugen.
Mit Löschfahrzeugen bekämpft die Feuerwehr die Waldbrände.
Bekämpft die Feuerwehr die Waldbrände mit Löschfahrzeugen?
Bodentruppen löschen das Feuer mit Wasser.
Mit Wasser löschen Bodentruppen das Feuer.
Löschen Bodentruppen das Feuer mit Wasser?

Aufgabe 5: biegen – biegsam, schmieren – Schmieröl, trinken – Trinkbecher, dienen – Dienstbote, mieten – Mietwohnung, Liebe – lieblich, Bilder – bildschön, fließen – Fließrichtung, wilde – Wildhüter, Stiele – Besenstiel

Aufgabe 6:

Die Sportler trainieren.	Die Schüler multiplizieren.
Der Arzt operiert.	Der Kapitän kommandiert.
Die Freunde telefonieren.	Die Klasse diskutiert.

Aufgabe 7 – 9: individuelle Lösung

Was habe ich gelernt? – 4 (Seite 52, 53)

Aufgabe 1:

wo?	woher?	wohin?
in der Kemenate	aus dem Wald	in die Schlacht
im Burggarten	aus der Hütte	in den Stall

Aufgabe 2:

wann?	wie lange?	seit wann?
im Sommer	fünf Tage	seit drei Tagen
heute	die ganze Nacht	seit fünf Tagen

Aufgabe 3: Die Ritter brechen am frühen Morgen auf. Der König erwartet sie.
Die Burgherrin besucht die Kranken. Sie gibt ihnen ein Heilmittel.
Der Bote reitet schnell zur Burg. Er hat eine wichtige Nachricht.

Aufgabe 4: Erziehung zum Ritter

Der erstgeborene Sohn blieb bis zum Alter von sieben Jahren bei seiner Familie. Dann musste er Abschied nehmen und auf einer anderen Burg als Page dienen. Dort lernte er schwimmen und kämpfen. Besonders wichtig war der Umgang mit Pferd und Schwert. Mit 14 Jahren begleitete er seinen Herrn auf die Jagd und auf Turniere. Er stellte ihm die Waffen bereit und brachte ihm Helm und Schild.

Aufgabe 5: Kartoffelpuffer

Zutaten für 2 Personen: 6 große Kartoffeln, 4 Esslöffel Mehl, 1 Ei, Salz, Pfeffer, Öl, Apfelmus
Zuerst werden die Kartoffeln geschält. Dann werden sie mit einer Reibe gerieben. Zu den geriebenen Kartoffeln werden das Ei, das Mehl, Salz und Pfeffer gegeben. Danach wird alles verrührt. Ein wenig Öl wird in der Pfanne erhitzt. Kleine Mengen der Kartoffelmasse werden in das heiße Öl gegeben und gebraten, bis goldbraune Puffer entstehen. Nun können die Puffer mit Apfelmus serviert werden.

Was habe ich gelernt? – 5 (Seite 64, 65)

Aufgabe 1: Der Polizist belehrt: „Bei Rot müsst ihr stehen bleiben!“
Der Feuerwehrmann fragt: „Wie heißt der Notruf der Feuerwehr?“
Die Ärztin erklärt: „Ich lege dir jetzt einen Verband an.“

Aufgabe 2: „Wo warst du in den Ferien?“, erkundigt sich Lisa bei Mia.
„Wir waren zwei Wochen am Bodensee. Es war toll!“, antwortet Mia.
„Seid ihr auch mit dem Schiff gefahren?“, fragt Lisa.
„Wir sind mit dem Schiff gefahren und haben eine Adlerwarte besucht“, nickt Mia.

Aufgabe 3: Der Adler und der Sperling

Ein Adler prahlte: „Wer kann höher fliegen als ich?“ „Ich kann höher fliegen als du“, antwortete ein Sperling. Der Sperling hüpfte unbemerkt auf den Rücken des Adlers und beide erhoben sich in die Luft. Der Adler fragte: „Sperling, wo bist du?“ „Hier, ich bin über dir“, rief der Sperling. Der Adler wunderte sich: „Wie kann das sein?“ „Unterschätze niemals die Kleinen!“, lächelte der Sperling.

Aufgabe 4: Die Lehrerin erklärt dem Schüler die Rechenaufgabe.
Nach dem Unfall legt die Ärztin dem Patienten einen Verband an.
Timo gibt dem Hund eine Belohnung.
Zum Geburtstag schenkt Mia ihrer Freundin ein Buch.

Aufgabe 5: Ilja schreibt der Freundin eine Nachricht.
Der Hausmeister händigt der Lehrerin den Schlüssel aus.
Die Verkäuferin gibt der Kundin das Rückgeld.

Aufgabe 6: Am Lagerfeuer

Die Pfadfinder sitzen um das Feuer. Sie stecken Würstchen auf angespitzte Stöcke und brutzeln sie in der Hitze. Sie drehen die Stöcke, damit die Würstchen nicht schwarz werden. So schmecken sie lecker. Als es dunkel wird, kriechen sie müde in ihre Schlafsäcke.

Aufgabe 7: Personenbeschreibung Junge

Die Person ist ein Junge. Er ist ungefähr 1,40 m groß, schlank und sportlich. Seine Hautfarbe ist weiß. Er hat ein ovales Gesicht und kurze, braune Haare. Seine Augen sind dunkel. Er hat eine lange, gerade Nase und einen normalen Mund. Der Junge trägt ein kurzärmeliges, weißes T-Shirt. Über der Brust befindet sich ein Aufdruck mit schwarzen Streifen, die schräg nach unten verlaufen. Seine kurze, blaue Hose reicht über die Knie. Der Junge hat dunkelblaue Socken mit einem weißen Streifen und graue Schuhe an. Er trägt eine schwarze Kappe schräg auf dem Kopf.

Personenbeschreibung Mädchen

Die Person ist ein Mädchen. Sie ist ungefähr 1,40 m groß und schlank. Das Mädchen hat eine braune Hautfarbe und ein ovales Gesicht. Die braunen, lockigen Haare sind schulterlang. Sie hat braune Augen und eine Stupsnase. Das Mädchen trägt ein langärmeliges, pinkfarbenes Shirt. Die langen, blauen Jeans sind schmal geschnitten und stehen auf den roten, flachen Schuhen auf.

Aufgabe 8: individuelle Lösung

Was habe ich gelernt? – 6 (Seite 74, 75)

Aufgabe 1: Ich werde lange schlafen. Du wirst ins Kino gehen. Er wird sein Lieblingsbuch lesen. Wir werden eine Fahrradtour machen. Ihr werdet zum Essen gehen. Sie wird/werden eine Wanderung unternehmen.

Aufgabe 2: Zu seinem letzten Geburtstag bekam Juri ein neues Fahrrad.
Die Klasse 4c wird übermorgen den Verkehrsübungsplatz besuchen.
Die Kinder werden im nächsten Monat die Radfahrprüfung ablegen.
Vor 70 Jahren besaßen wenige Kinder ein eigenes Fahrrad.

Aufgabe 3: Nächste Woche werden wir einen Ausflug unternehmen/machen.
Letztes Jahr besuchten wir Burg Falkenstein.
Vor 100 Jahren machten nur wenige Leute Urlaub.
Heute regnet es den ganzen Tag.
Wie wird das Wetter morgen werden?
Gerade klingelt es an der Tür.

Aufgabe 4: Er wirft den Brief ein.

Er trägt die Tasche herein.

Er schlägt das Buch auf.

Er fährt den Computer herunter.

Er macht das Licht aus.

Er ruft den Freund an.

Er will die Jacke ausziehen.

Er will ein Gedicht vortragen.

Er will das Zelt aufstellen.

Er darf lange aufbleiben.

Er darf Fußball spielen.

Er darf ein Eis essen.

Aufgabe 5: Aysuns Traumberuf

Aysun möchte einmal Ärztin wie ihre Mutter werden. Einmal durfte sie die Mutter ins Krankenhaus begleiten. Die Mutter zeigte ihr die Instrumente und Aysun durfte den weißen Arztkittel anziehen. Zum Schluss fotografierte die Mutter Aysun im weißen Kittel.

Aufgabe 6: Häuser – Haus, Grüße – Gruß, Späße – Spaß, heiße – heiß, Gläser – Glas, Füße – Fuß, Sträuße – Strauß, Lose – Los, große – groß, lösen – er löst, heißen – er heißt, süße – süß, Gräser – Gras, Flöße – Floß, Gleise – Gleis, Klöße – Kloß

Aufgabe 7 – 9: individuelle Lösung

Was habe ich gelernt? – 7 (Seite 84, 85)

Aufgabe 1: Das Grab des Pharaos

Die Pracht und der Glanz des Schatzes waren unglaublich.
Dadurch wurde die Macht des Pharaos deutlich.
Die Wände der Grabkammer waren reich bemalt.
Nach dem Tod des Königs erwartete ihn die Reise in die Unsterblichkeit.

Aufgabe 2: Der Hund

Der Hund ist ein Säugetier.
Der Wolf ist ein Vorfahre des Hundes.
Viele Menschen sehen den Hund als ihren liebsten Begleiter an.
Sie schenken dem Hund viel Zuneigung.

Das Känguru

Das Känguru hat lange, kräftige Hinterbeine.
Dem Känguru schmecken Blätter und Gräser.
Die Farmer sehen das Känguru als Nahrungskonkurrenten für ihre Schafe.
Im Beutel des Kängurus werden die Jungen ausgetragen.

Aufgabe 3: Die Tulpe

Vor 400 Jahren war die Tulpe eine seltene Blume in Europa.
Deshalb war die Zwiebel der Tulpe sehr teuer.
Bald gelang es der Tulpe, eine der bekanntesten Blumen zu werden.
Blumenliebhaber schätzen die Tulpe aufgrund ihrer frühen Farbenpracht.

Aufgabe 4: Marie Curies Forschungsarbeit

Marie forschte zusammen mit ihrem Mann. Sie hatten einen alten Schuppen zu einem Labor umgebaut. Gemeinsam suchten sie nach einem Stoff, der radioaktiv ist. Nach intensiver Suche fanden sie das Element, das sie Polonium nannten. Für diese Entdeckung erhielt das Ehepaar Curie den Nobelpreis für Physik. Auch die Tochter des Ehepaars wurde Physikerin.

Aufgabe 5: Nächte – Nacht, Ärzte – Arzt, Bäcker – backen, Bänder – Band, Hände – Hand, Säfte – Saft, Länder – Land, Wälder – Wald, älter – alt, stärker – stark, Männer – Mann, Wärme – warm, schädlich – Schaden, Fläche – flach, ängstlich – Angst, Äste – Ast, Gelände – Land, quälen – Qual, länger – lang, geräumig – Raum, bläulich – blau, Säugetier – saugen, häuslich – Haus, schäumen – Schaum, Geräusch – rauschen, Läufer – laufen, säuerlich – sauer, äußerlich – außen, Verkäufer – verkaufen

Aufgabe 6 – 8: individuelle Lösung

Was habe ich gelernt? – 8 (Seite 94, 95)

Aufgabe 1:

weglaufen – er läuft weg
belaufen – es beläuft sich
erlaufen – er erläuft
vorlaufen – er läuft vor
verlaufen – er verläuft (sich)
umlaufen – er umläuft/es läuft um
entlaufen – er entläuft
ablaufen – er läuft ab
auslaufen – er läuft aus

bekennen – er bekennt
erkennen – er erkennt
verkennen – er verkennt
auskennen – er kennt (sich) aus

beschreiben – er beschreibt
erschreiben – er erschreibt
vorschreiben – er schreibt vor
verschreiben – er verschreibt
umschreiben – er umschreibt/schreibt um
abschreiben – er schreibt ab
ausschreiben – er schreibt aus

Lösungen zur Selbstkontrolle

Aufgabe 2: der Wegfall, die Wegführung
der Befall
die Erhaltung
die Vorsicht, der Vorfall, der Vorbau, die Vorführung, der Vorteil
die Vorhaltung
der Verfall, die Verführung
die Umsicht, der Umbau
die Entführung, die Enthaltung
die Absicht, der Abfall, der Abbau, die Abführung, das Abteil, die Abhaltung
die Aussicht, der Ausfall, der Ausbau, die Ausführung

Aufgabe 3: davorspannen – er spannt davor
hochreißen – er reißt hoch
losrasen – er rast los
umblicken – er blickt (sich) um
erkennen – er erkennt
verfolgen – er verfolgt
verschlingen – er verschlingt
auffressen – er frisst auf
erreichen – er erreicht

Aufgabe 4: vorteilhaft, vormerkbar, belastbar, Bemerkung, Erlebnis, Verwundung, Verteilung, aufmerksam, Aufteilung, unmerklich, unglaublich, unteilbar, belebbar, bemerkbar, Belastung, erlebbar, Erteilung, verwundbar, aufteilbar

Aufgabe 5: an-fäll-ig – fallen, Ab-schieb-ung – schieben, be-fremd-lich – Fremde, ver-schieb-bar – schieben, Be-setz-ung – setzen, Vor-komm-nis – kommen, un-glaub-lich – glauben, Ab-deck-ung – decken, Be-füll-ung – füllen

Aufgabe 6: die Nähmaschine, das Nähgarn, die Nähnadel
der Drehstuhl, die Drehscheibe, die Drehbank
der Gehstock, der Gehweg, die Gehhilfe

Aufgabe 7 – 10: individuelle Lösung

Was habe ich gelernt? – 9 (Seite 108, 109)

Aufgabe 1: Gefährdet oder stark gefährdet sind Luchs und Otter
Ausgestorben ist der Elch.
Vom Aussterben bedroht ist der Feldhamster.
Die Steinböcke sind extrem selten.

Aufgabe 2: Lehne, Spur, Ton, Mehl, kahl, klar, schön, Tal, quer, schwer, Sohn, Qual, Tor, Ruhm, sehr, Mühle, tun, grün

Aufgabe 3: Tee, Moos, Haar, Schnee, Meer/Moor, Beet/Boot, Beere, Paar, See, leer, Zoo

Aufgabe 4: Amseln fressen Beeren, Früchte, Regenwürmer und kleine Käfer.
Bussarde ernähren sich von Mäusen, Fröschen, Kaninchen und Reptilien.
Schwäne fressen Muscheln, Schnecken und Gras.

Aufgabe 5: Der reife Apfel fiel vom Baum.
Er suchte sein Paar Socken.
Er hat eine gute Wahl getroffen.
Sie hatte viel Obst im Korb.
Er hatte sich ein paar T-Shirts gekauft.
Der Wal schwamm zurück ins Meer.

Aufgabe 6, 7: individuelle Lösung

Was habe ich gelernt? – 10 (Seite 118, 119)

Aufgabe 1: Die Schüler schreiben eine E-Mail, weil sie sich über den Kletterpark informieren möchten.
Max möchte eine Kletterhalle besuchen, wenn das Wetter schlecht ist.
Die Kinder freuen sich, dass es eine lange Röhrenrutsche gibt.
Auch Amira möchte klettern, obwohl sie Höhenangst hat.

Aufgabe 2: Die Schüler besuchten einen Bauernhof, weil sie Tiere mögen.
Aysun füttert die Kühe, obwohl sie ein bisschen Angst hat.
Timo freut sich, dass er mit Pfeil und Bogen schießen darf.
Die Kinder ziehen ihre Regenmäntel an, als es regnet.

Aufgabe 3: Die Familie fährt in den Urlaub, als Schulferien sind.
Hanna freut sich, dass sie ihre Freundin trifft.
Juri läuft barfuß am Strand, obwohl Scherben im Sand liegen.
Die Urlauber verlassen das Wasser, weil ein Gewitter aufzieht.

Aufgabe 4: Stell deinen Teller weg! – Könntest du bitte deinen Teller wegstellen?
Räum dein Zimmer auf! – Könntest du bitte dein Zimmer aufräumen?
Bleib stehen! – Könntest du bitte stehen bleiben?
Geh ins Bett! – Könntest du bitte ins Bett gehen?
Hilf mir! – Könntest du mir bitte helfen?
Gieß die Blumen! – Könntest du bitte die Blumen gießen?
Spiel mit mir Ball! – Könntest du bitte mit mir Ball spielen?
Mach die Tür zu! – Könntest du bitte die Tür zumachen?
Gib mir meine Jacke! – Könntest du mir bitte meine Jacke geben?
Komm her! – Könntest du bitte herkommen?
Steh auf! – Könntest du bitte aufstehen?

Aufgabe 5: Könnten Sie mir bitte bei der Rechenaufgabe helfen?
Darf ich Ihnen ein Stück Kuchen anbieten?
Ist das Ihr Schal?
Darf ich Ihnen in den Mantel helfen?
Darf ich Ihnen eine Tüte geben?

Aufgabe 6: Sehr geehrte Damen und Herren,
wir sind die Klasse 4c der ... Schule in ....
Wir planen einen Ausflug in Ihr Erlebnisbad.
Könnten Sie uns bitte über die Öffnungszeiten, die Attraktionen und die Eintrittspreise informieren?
Wir würden uns freuen, wenn Sie uns bald Bescheid geben.
Mit freundlichen Grüßen
Ihre Klasse 4c

Aufgabe 7, 8: individuelle Lösung

Was habe ich gelernt? – 11 (Seite 130, 131)

Aufgabe 1: Finger, Fisch, vielleicht, verbinden, fünf, voll, vier

Aufgabe 2: aber: Es ist kein Zahlwort.
sicher: Es hat eine andere Bedeutung als die anderen Wörter.
voll: Alle anderen Wörter werden mit f geschrieben.

Aufgabe 3: Boxer, Fuchs, Hexe, Keks, Klecks, links, sechs, Taxi

Aufgabe 4: Ein kleines Pferd nennt man Pony.
Ein Plüschbär ist ein Teddy.
Ein Mobiltelefon ist ein Handy.
Einen Säugling nennt man Baby.

Aufgabe 5: Chor, quaken, Stadt, Christ, verwandt, Quatsch, Clown, Dorf, Quelle, brav, Pyramide, mixen, Pflaster, Virus

Aufgabe 6: Maiglöckchen, Maikäfer, Maibaum, Maiblume, Maifest

Aufgabe 7: der Laib, der Hai

Aufgabe 8 – 13: individuelle Lösung

ABC der Tiere 4
Sprachbuch

Herausgegeben von
Klaus Kuhn

Bearbeitet von
Klaus Kuhn, Kerstin Mrowka-Nienstedt

Illustriert von
Heike Treiber

In dieses Buch darf nicht hineingeschrieben werden.

Mildenberger

Inhalt

● Sprechen und Zuhören ● Lesen – mit Texten und weiteren Medien umgehen ● Schreiben ● Sprachgebrauch und Sprache untersuchen und reflektieren

Inhalt

● Sprechen und Zuhören ● Lesen – mit Texten und weiteren Medien umgehen ● Schreiben ● Sprachgebrauch und Sprache untersuchen und reflektieren

Inhalt

● Sprechen und Zuhören ● Lesen – mit Texten und weiteren Medien umgehen ● Schreiben ● Sprachgebrauch und Sprache untersuchen und reflektieren

Inhalt

Die Symbole bedeuten

Klassengespräch

Partner- oder Gruppenarbeit

Ich – Du – Wir

Über Lernen sprechen

Rollenspiel

Die Schatztruhe

In der Schatztruhe befinden sich Regeln oder die Erklärung wichtiger Begriffe.

Der Methodenkoffer

Der Methodenkoffer beschreibt verschiedene Methoden zur Erarbeitung eines Themas oder zur Lösung eines Rechtschreibproblems.

Die Symbole für den Unterrichtseinsatz sind Empfehlungen. Auch bei den Aufgaben ohne Symbole kann die Sozialform an den Unterrichtsverlauf angepasst werden.

Wir sind in Klasse 4 – Verantwortung übernehmen

1. In der Schule arbeiten viele Menschen zusammen. Sprecht über die Fotos.
   - Welche Berufe sind dargestellt?
   - Welche Aufgaben haben die Personen?
2. Wie ist es an eurer Schule?

Die Schülerinnen und Schüler der Klasse 4c sprechen darüber, welche Aufgaben sie übernehmen können.

Gesprächsregeln

Beachtet die Gesprächsregeln (siehe Seite 140):

- Hört gut zu
- Meldet euch
- Lasst andere ausreden
- Redet höflich

1. Ich: Welche Aufgaben braucht ihr in eurer Klasse? Schreibe Stichwörter.

   Du: Welche Aufgaben findet ihr besonders wichtig? Vergleicht eure Stichwörter und wählt aus.

   Wir: Stellt eure Auswahl der Klasse vor.

2. Verteilt die Aufgaben in der Klasse. Überlegt: Wer macht was? Wer arbeitet mit wem?

Comic lesen und nachspielen

1. Sandra und Lea streiten sich. Wie fühlen sie sich?
2. Wie verhalten sich die anderen Kinder?
3. Wie könnte die Geschichte weitergehen? Spielt vor.
   Achtet auf eure Stimme und passende Bewegungen.
4. Hast du eine ähnliche Situation erlebt?
   Wie hast du dich dabei gefühlt?
   Schreibe auf.

Konkrete und abstrakte Nomen

Edon hat aufgeschrieben, wie der Streit zwischen Lea und Sandra geschlichtet werden kann.

Der Klassensprecher holt einen Streitschlichter. Voller Wut berichtet Lea aus ihrer Sicht über den Streit. Auch Sandra ist der Ärger anzusehen, als sie erzählt. Deshalb achtet der Streitschlichter darauf, dass die Regeln eingehalten werden. Danach suchen alle drei nach einer Möglichkeit, wie der Konflikt gelöst werden kann. Sie einigen sich darauf, gemeinsam an einem Gruppentisch zu sitzen. Der Streitschlichter schreibt diese Vereinbarung auf und die beiden Mädchen unterschreiben.

1. Welche Wörter im Text sind Nomen? Begründet.
2. Ordne die Nomen in eine Tabelle ein.
   Schreibe sie mit dem bestimmten Artikel auf.

konkrete Nomen	abstrakte Nomen
...	...

3. Finde jeweils fünf weitere konkrete und abstrakte Nomen und trage sie in die Tabelle ein.
4. Ergänze die Sätze mit passenden abstrakten Nomen.

Lea weiß nicht weiter. Sie braucht einen ?.
Die Mädchen vertragen sich wieder. Der ? ist beendet.
Sandra freut sich. Sie hat gute ?.
Der Streitschlichter freut sich. Seine ? hat sich gelohnt.

Streit Rat Mühe Laune

5. Untersucht die Nomen. Könnt ihr zu jedem Nomen den Plural bilden?
6. Nenne ein Wort aus dem Grundwortschatz Seite 156 – 164. Dein Partner begründet, ob es ein Nomen ist.

Nomen

Konkrete Nomen bezeichnen Menschen, Tiere, Pflanzen und Dinge.

Abstrakte Nomen bezeichnen Gefühle und anderes, das wir nicht berühren können.

Artikel

Der Artikel zeigt das Geschlecht des Nomens an.

- **bestimmter Artikel:** der (männlich), die (weiblich), das (sächlich)
- **unbestimmter Artikel:** ein, eine

Nomen mit den Nachsilben -ung, -heit, -keit, -nis

Die Kinder der Klasse 4c schreiben auf, was bei einer Streitschlichtung wichtig ist.

1. Untersucht die Kärtchen. Was fällt euch auf?
2. Schreibe die Nomen von den Kärtchen in eine Tabelle:

-ung	-heit	-keit	-nis
die Lösung	...	...	...

3. Bilde aus den Verben Nomen mithilfe der passenden Nachsilbe. Schreibe so und unterstreiche die Nachsilbe:
   meinen: die Mein<u>ung</u>
   ereignen: das Ereig<u>nis</u>

meinen ereignen retten wagen erklären ärgern
melden erzeugen prüfen erleben trennen ergeben

4. Bilde aus den Adjektiven Nomen mithilfe der passenden Nachsilbe. Schreibe so und unterstreiche die Nachsilbe:
   flüssig – die Flüssig<u>keit</u>
   schön – die Schön<u>heit</u>

flüssig schön sparsam freundlich
fröhlich krank heiter frech
gemein selten klug ehrlich

-ung, -heit, -keit, -nis

Aus Verben und Adjektiven können abstrakte Nomen mit den **Nachsilben** -ung, -heit, -keit und -nis gebildet werden.

retten – Rett**ung**
schön – Schön**heit**
flüssig – Flüssig**keit**
ereignen – Ereig**nis**

Wortarten üben: Nomen

Streit auf dem Schulhof

Es ist große Pause. Einige Kinder spielen Fußball auf dem Schulhof. Lisa hat Hunger. Auf einer Holzbank isst sie ihr Pausenbrot. Sandra sitzt daneben. Sie beobachtet die Spieler. Plötzlich schießt Timo den Ball mit voller Wucht und trifft Lukas am Kopf. Vor Schmerz schreit Lukas laut auf. Timo lacht: „Du weinst ja wie ein Kleinkind!“ Sandra ruft: „Das ist gemein!“ Wütend geht Timo zu Sandra. Zum Glück läutet die Pausenglocke und die Kinder kehren ins Klassenzimmer zurück. Sie beschließen, den Streitschlichter zu holen.

1. Finde im Text die sechs abstrakten Nomen und schreibe sie mit dem bestimmten Artikel auf:
   der Streit, ...
2. Schreibe alle zusammengesetzten Nomen mit dem bestimmten Artikel auf und zerlege sie in die einzelnen Wörter:
   der Schulhof: die Schule – der Hof,
   der Fußball: der Fuß – der Ball, ...
3. Untersuche die Nomen. Aus welchen Wortarten wurden sie gebildet? Schreibe so:
   die Turnhalle: turnen (V), die Halle (N)

Nomen = N
Verb = V
Adjektiv = A

Turnhalle Kühlschrank Trinkflasche Lautsprecher
Hausmeister Weitsprung Kletterseil Wildblume

4. Bilde Nomen. Schreibe sie mit dem bestimmten Artikel auf. Vergleiche mit einem Partner.

hindern wahr wirklich gesund verteidigen
wohnen geheim einsam

5. Übe den Text als Diktat (siehe Seite 148).

Zu Bildern schreiben

1. Ich: Betrachte die Bilder. Was geschieht?
   Du: Wie entsteht der Streit? Wie lösen die Esel den Streit? Tauscht euch aus.
   Wir: Stellt eure Überlegungen der Klasse vor.
2. Die Geschichte der beiden Esel lässt sich auf Menschen übertragen. Habt ihr eine ähnliche Situation schon einmal erlebt?
3. Wie fühlen sich die beiden Esel? Sammle passende Adjektive und vergleiche anschließend mit einem Partner.
   Bild 1: hungrig
   Bild 2: ...
4. Was könnten die beiden Esel sagen und denken?
   Bild 1: Ich bin so hungrig.
   Bild 2: ...
5. Schreibe die Geschichte in der 1. Vergangenheit auf. Denke an die wörtliche Rede.
6. Überlege dir eine passende Überschrift für deine Geschichte.

Geschichte mit W-Fragen planen

Einleitung:
Wer ist dabei?
Wann und wo spielt die Geschichte?

Hauptteil:
Was passiert in der Geschichte?
Wie und warum geschieht es?

Schluss:
Wie endet die Geschichte?

Eine Geschichte überarbeiten

1. Überprüft eure Geschichten in der Schreibkonferenz an folgenden Stationen:

Macht die Überschrift neugierig?

Ist die Geschichte ohne Bilder verständlich?

Gibt es Gedankensprünge?

Werden Gefühle und Gedanken dargestellt?

Gibt es wörtliche Rede?

Gibt es treffende Wörter?

Gibt es unterschiedliche Satzanfänge?

2. Was bewirkt wörtliche Rede?

3. Überarbeite deine Geschichte und prüfe die Rechtschreibung.

4. Hat euch die Schreibkonferenz dabei geholfen euren Text zu verbessern? Begründet.

Schreibkonferenz

In einer Schreibkonferenz werden geschriebene Texte überprüft und besprochen (siehe Seite 152).

Was habe ich gelernt? – 1

Auf diesen Seiten kannst du überprüfen, was du gelernt hast und was du noch üben musst.

So gehst du vor:

1. Bearbeite die Aufgaben zu einem Thema.
2. Schreibe dann in dein Lerntagebuch.
3. Kontrolliere mithilfe der Lösungen.
4. Wenn du mehr als drei Fehler hast, übe noch einmal die betreffenden Aufgaben im Sprachbuch oder bitte deine Lehrerin um ein Lerngespräch (S. 142, 143).

Nomen (Seite 9, 10)

1. Finde die Nomen und schreibe sie mit dem unbestimmten Artikel in der Einzahl und in der Mehrzahl auf.

BAUM KLEIN LEHRERIN AB DURCH DING FISCH WEHLEIDIG
FLASCHE GEHEN ZUM GESICHT NEU WOCHE ZEITUNG IN
ALT LOCH HEUTE HALS MENSCH NASE NEBEN TANKEN

2. Zeichne eine Tabelle und trage die Nomen mit dem bestimmten Artikel ein:

konkrete Nomen	abstrakte Nomen

Heft Bein Wut Tanne Trauer
Zorn Pferd Lob Erfahrung
Mut Brief Schuh Idee Tapferkeit
Wunsch Kind Topf Fisch

3. Bilde mithilfe der Verben Nomen, indem du -nis oder -ung anhängst.

erleben üben wagen ärgern zeugen
stören werben beschreiben besprechen
erzeugen verzeichnen hindern retten

4. Bilde mithilfe der Adjektive Nomen, indem du -heit oder -keit anhängst.

krank freundlich ehrlich schön
selten deutlich blind ewig
berühmt sparsam wild frech
sicher fröhlich fähig flüssig

5. Hier sind die Endungen vertauscht. Schreibe die Nomen mit Artikel und den richtigen Endungen auf.

Ähnlichheit Geheimung Fälschnis Dunkelkeit Traurignis Finsterkeit

Zu Bildern schreiben (Seite 12, 13)

6. Schreibe eine Streitgeschichte zu den Bildern. Wie kommt es zu dem Streit? Wie könnten die Kinder den Streit lösen?
Verwende wörtliche Rede und beschreibe die Gedanken und Gefühle der Kinder.

7. Stelle deine Geschichte in der Schreibkonferenz vor und überarbeite sie.

Lerntagebuch

Ein Lerntagebuch hilft dir, darüber nachzudenken, was du gelernt hast, und was du noch üben möchtest. Es hilft dir auch bei der Vorbereitung eines Lerngesprächs. So gehst du vor:

- Schreibe in dein Lerntagebuch, was du gelernt hast.
- Beurteile, wie gut du die Aufgaben kannst. Male 🙂 😐 🙁.
- Was möchtest du noch üben?

So führt Malte sein Lerntagebuch:

Was habe ich gelernt?

- Ich erkenne Nomen und kann Einzahl und Mehrzahl bilden. 🙂
- Ich kann konkrete und abstrakte Nomen unterscheiden. 🙁
- Ich kann Nomen mit den Nachsilben -ung, -heit, -keit, -nis bilden. 😐

Das möchte ich noch bis ... üben:

- Abstrakte Nomen

Feuer, Wasser, Erde, Luft – Das Feuer

Das Feuer

1 *Hörst du, wie die Flammen flüstern,*
Knicken, knacken, krachen, knistern,
Wie das Feuer rauscht und saust,
Brodelt, brutzelt, brennt und braust?

2 *Siehst du, wie die Flammen lecken,*
Züngeln und die Zunge blecken,
Wie das Feuer tanzt und zuckt,
Trockne Hölzer schlingt und schluckt?

3 *Riechst du, wie die Flammen rauchen,*
Brenzlig, brutzlig, brandig schmauchen,
Wie das Feuer, rot und schwarz,
Duftet, schmeckt nach Pech und Harz?

4 *Fühlst du, wie die Flammen schwärmen,*
Glut aushauchen, wohlig wärmen,
Wie das Feuer, flackrig-wild,
Dich in warme Wellen hüllt?

5 *Hörst du, wie es leise knackt?*
Siehst du, wie es matter flackt?
Riechst du, wie der Rauch verzieht?
Fühlst du, wie die Wärme flieht?

6 *Kleiner wird der Feuersbraus:*
Ein letztes Knistern,
Ein feines Flüstern,
Ein schwaches Züngeln,
Ein dünnes Ringeln –
Aus.

James Krüss

Lautmalerei:
Natürliche Geräusche werden durch ähnlich klingende Wörter dargestellt.

Auswendig lernen:

- Lies jede Strophe mehrmals laut, bis du sie auswendig kannst.
- Du kannst wichtige Wörter als Merkhilfe notieren oder passende Bilder malen.

1. Lies das Gedicht. Mit welchen Wörtern werden die verschiedenen Sinne lautmalerisch dargestellt?
2. Welche Veränderung könnt ihr in der sechsten Strophe feststellen? Was möchte James Krüss damit deutlich machen?
3. Ich: Welche Wörter würdest du laut oder leise sprechen? Welche Wörter würdest du besonders betonen?
   Du: Tauscht euch aus und probiert.
   Wir: Tragt das Gedicht der Klasse vor. Ihr könnt abwechselnd lesen.
4. Lerne das Gedicht auswendig.
5. Wie habt ihr das Gedicht auswendig gelernt? Tauscht euch aus.

6. Sieh dir die Bilder an.
   Wie gestalten die Kinder den Gedichtvortrag?

7. Tragt das Gedicht vor.
   - Ihr könnt das Gedicht als Rap sprechen.
   - Ihr könnt passende Bewegungen machen.
   - Ihr könnt passende Geräusche oder Musik dazu machen.
   - …

Klangprobe

Bei der Klangprobe wird ein Text unterschiedlich betont gelesen.
So können bestimmte Textstellen hervorgehoben werden.

Gegenwart

Verben

Verben können in der Grundform oder in einer Personalform (gebeugte Form) stehen. Sie bestehen aus dem Wortstamm und einer Endung. Die Endung der Personalformen wird durch die **Pronomen ich, du, er/sie/es, wir, ihr, sie** bestimmt.

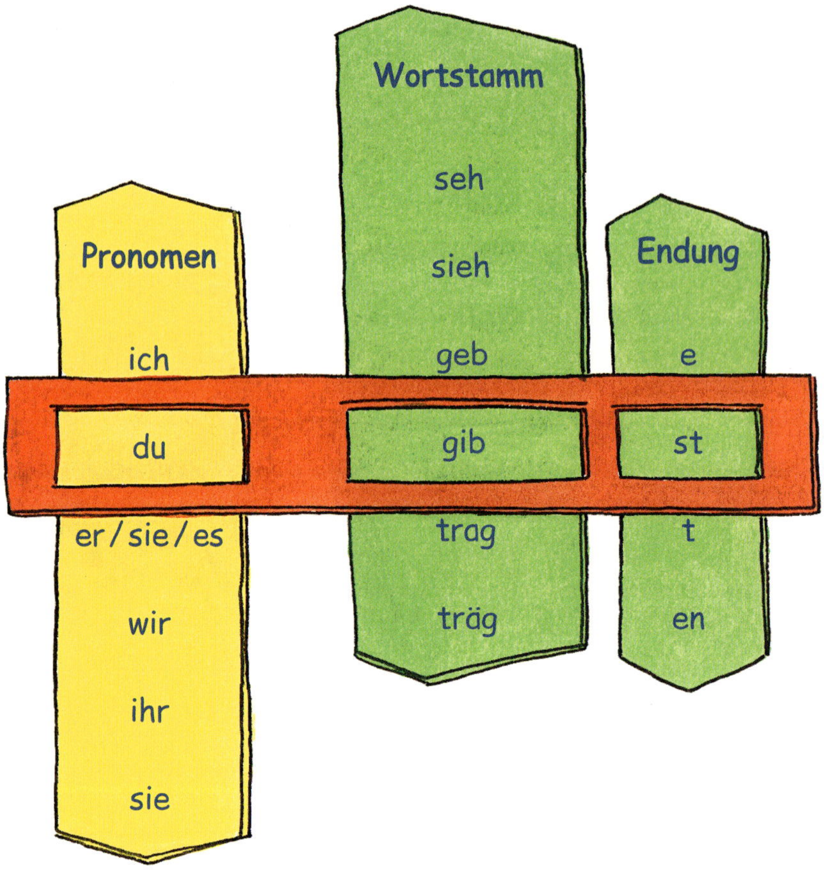

1. In der Gegenwart kann sich der Wortstamm ändern. Notiere die Grundform der Verben und schreibe alle Personalformen auf:
   sehen: ich sehe, du siehst, ...

2. Bei den folgenden Verben wird aus dem Vokal a der Umlaut ä und aus dem Zwielaut au der Umlaut äu:
   blasen: du bläst, er bläst

blasen	fangen	graben	waschen
schlafen	laufen	fahren	wachsen

3. Hier wird aus dem Vokal e der Vokal i:
   essen: du isst, er isst

essen	schmelzen	sprechen	brechen
werfen	fressen	sterben	vergessen

4. Bei den folgenden Verben verändert sich der Vokal e zu ie:
   empfehlen: du empfiehlst, er empfiehlt

empfehlen	befehlen	geschehen	lesen

Gegenwart

Die Gegenwart gibt an, dass etwas jetzt geschieht oder immer so ist.

Lang oder kurz?

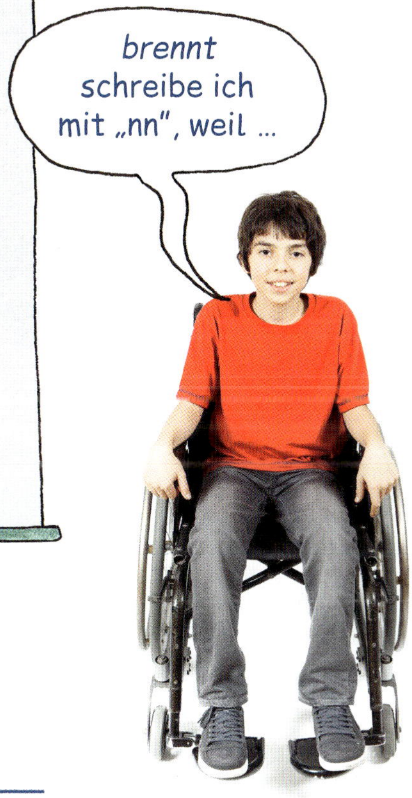

1. Begründet die Schreibweise der Verben an der Tafel.
2. Ordne die Wörter in eine Tabelle ein und schreibe so:

Häuschen A	Häuschen C
lügen – er lügt	pflücken – er pflückt

lügen pflücken loben sagen rennen brummen

3. Finde fünf weitere Verben für Häuschen A und Häuschen C. Trage sie in die Tabelle ein.
4. Lang oder kurz? Wende die Häuschenprobe an und entscheide.

m/mm:	er ko?t	er schwi?t	es kei?t	es gli?t
l/ll:	er ste?t	er be?t	er ma?t	es kna?t
n/nn:	er ke?t	es schei?t	er tre?t	er spa?t

5. Schreibe den Text ab und ergänze.

Wir machen Feuer mit Feuerstein und Zunder

Zuerst schla?en wir den eisenhaltigen Stein gegen den Feuerstein. Fa?en Funken auf den Zunder, begi?t er zu gli?en. Wir pusten, bis kleine Fla?en entstehen. Nun mü?en wir Bre?material nachle?en, damit das Feuer Nahrung beko?t und auflodert.

Häuschenprobe: A oder C?

Sprich ein Wort mit langem, dann mit kurzem Vokal.
Wie klingt es richtig?
komen – kommen

So kannst du entscheiden, ob ein Doppelkonsonant geschrieben wird (siehe Seite 147).

1. und 2. Vergangenheit

Feuer in der Steinzeit

*Durch Blitzeinschläge **entstanden** oft Steppenbrände. Die Steinzeitmenschen **kannten** die zerstörerische Kraft des Feuers. Allmählich **lernten** sie, das Feuer zu nutzen und zu hüten. **Erlosch** das Feuer, **bedeutete** das oft den Tod der ganzen Sippe.*

Vergangenheit

Die **1. Vergangenheit** verwenden wir beim Schreiben:
er lernte

Die **2. Vergangenheit** verwenden wir beim Erzählen. Wir bilden sie mit den Hilfsverben haben oder sein:
er hat gelernt
er ist gegangen

1. Vergleicht den Text neben dem Bild mit dem Text in der Sprechblase. Was fällt euch auf?
2. Ordne die markierten Verben aus beiden Texten den Vergangenheitsformen zu:
   1. Vergangenheit: sie entstanden, ...
   2. Vergangenheit: sie haben genutzt, ...
3. Trage die folgenden Verben in eine Tabelle ein und ergänze jeweils die anderen Zeitformen. Vergleiche mit einem Partner.

Gegenwart	1. Vergangenheit	2. Vergangenheit
sie geben	sie gaben	sie haben gegeben

sie gaben   wir haben getrunken   er hielt
er hat geschnitten   ich habe getragen   sie schliefen
ich habe gegessen   du konntest

4. Schreibe die Verben in der 2. Vergangenheit auf:
er geht – er ist gegangen

er geht sie fällt du kommst
ich laufe sie steigen ich schwimme
ihr fliegt wir rennen

5. Vergleiche mit einem Partner.
Mit welchem Hilfsverb wird bei Verben der Bewegung die 2. Vergangenheit gebildet?

6. Lies den Text. Was erfährst du über „Ötzi“?
Tausche dich mit deinem Partner aus.

Die Museumspädagogin erzählt:

„Im Jahr 1991 hat ein Ehepaar einen Steinzeitmenschen im Gletschereis gefunden. Die Wissenschaftler haben ihn ‚Ötzi‘ genannt. Ötzi hat vor über 5000 Jahren gelebt. Er ist ungefähr 1,60 Meter groß gewesen und hat etwa 50 Kilogramm gewogen. Ötzi hat dunkle Haare gehabt und eine Mütze und einen Mantel aus Fell getragen. Seine Schuhe haben aus Fell, Leder und Bastfasern bestanden. Er hat verschiedene Waffen bei sich gehabt. In seiner linken Schulter haben die Wissenschaftler eine Pfeilspitze aus Stein gefunden. Bei seinem Tod ist Ötzi etwa 45 Jahre alt gewesen.“

7. Schreibe den Text in der 1. Vergangenheit auf.
Vergleiche mit einem Partner.
Ötzi – der Mann aus dem Eis
Im Jahr 1991 fand ...

8. Die Museumspädagogin erzählt weiter.
Schreibe Sätze zu den Stichwörtern in der 2. Vergangenheit.
Ötzi hat verschiedene Waffen bei sich getragen.

- verschiedene Waffen - bei sich tragen
- Kupferbeil – Symbol für Anführer sein
- Pfeil und Bogen – für Jagd brauchen
- Dolch – Klinge aus Feuerstein haben

9. Informiert euch im Internet über Ötzi (siehe Seite 154/155).

Lang oder kurz?

1. Was verändert sich? Vergleicht die Verbformen in der Gegenwart und in der 1. Vergangenheit.
2. ß oder ss? Schreibe die passenden Verbformen in eine Tabelle.

Häuschen A	Häuschen C
aßen	essen

aßen beißen
schließen ließen
fraßen reißen
fließen schießen

essen lassen
bissen schossen
rissen schlossen
fressen flossen

3. Einfacher Konsonant oder Doppelkonsonant? Schreibe die passenden Verbformen in eine Tabelle.

Häuschen A	Häuschen C
reiten	ritten

reiten kamen
trafen schneiden
streiten baten
fielen greifen

treffen stritten
ritten schnitten
griffen fallen
kommen bitten

4. Schreibe die Sätze in der 1. Vergangenheit.

Die Steinzeitmenschen schießen mit ihren Pfeilen auf die Beutetiere. Sie schneiden das Fleisch in Stücke. Die Mitglieder der Sippe sitzen am Feuer und essen.

Wortarten üben: Verben

Feuer machen bei den Naturvölkern

Auch heute noch entfachen viele Naturvölker Feuer durch Reibung. Dafür nutzen sie eine Feuersäge oder einen Feuerbohrer.

Bei der Feuersäge ziehen sie eine Schnur aus Pflanzenfasern unter einem trockenen Ast schnell hin und her. Durch die Reibung fängt der feine Holzstaub Feuer und der Zunder brennt.

Ein geübter Einheimischer benötigt dafür knapp eine Minute.

Eine weitere Möglichkeit ist der Feuerbohrer. Man stellt einen einfachen Holzstab senkrecht auf ein Stück Holz und dreht ihn gleichmäßig mit kreisenden Bewegungen zwischen den Händen, bis der Zunder in Flammen steht.

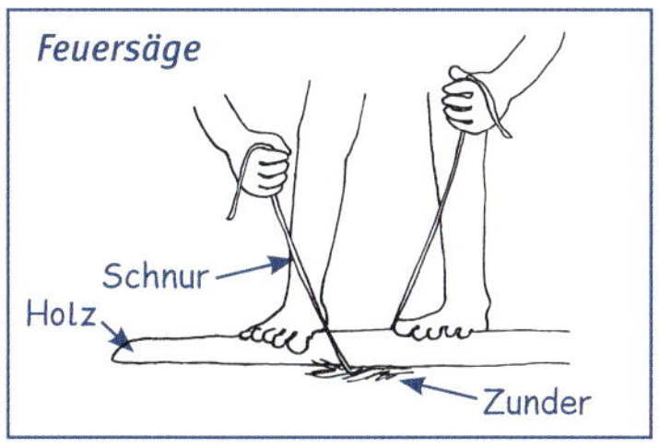

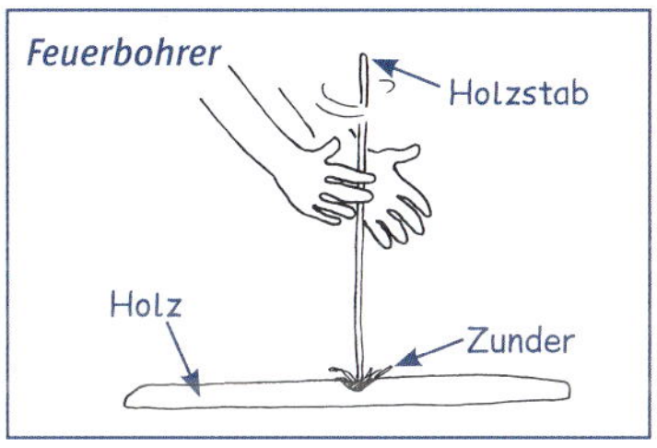

Zunder:
Leicht brennbares Material, das zum Feueranzünden dient.

1. Trage die Verben in eine Tabelle ein. Ergänze die anderen Zeitformen.

Grundform	Gegenwart	1. Vergangenheit	2. Vergangenheit
machen	er macht	er machte	er hat gemacht

2. Bei welchen Verben ändert sich der Wortstamm? Kreise ein.
3. Ergänze passende Vorsilben und schreibe die Sätze auf.

Mit Feuer muss ich immer vorsichtig ? gehen.
Ich muss ? passen, dass ich mich nicht ? brenne.
Kerzen kann ich ? pusten.
Bei Gefahr muss ich die Feuerwehr ? rufen.
Bei Gewitter können Blitze ? schlagen.
Auch so kann ein Feuer ? stehen.

auf- an- ent- um- ein- aus- ver-

4. Übe den Text „Feuer machen bei den Naturvölkern“ als Diktat (siehe Seite 148).
5. Im Internet findet ihr Videos über Feuersäge und Feuerbohrer. Informiert euch (siehe Seite 154 / 155).

Sicherheitshinweis:

Führe Versuche mit Feuer nur durch, wenn Erwachsene dabei sind! Stelle immer einen Eimer Wasser bereit.

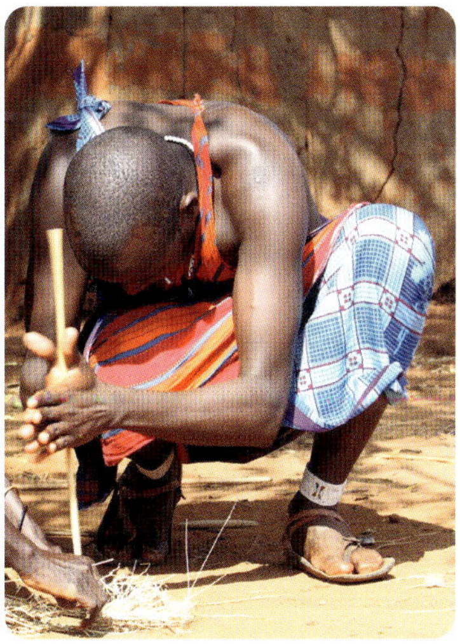

Einen Versuch beschreiben

Sicherheitshinweis:

Führe Versuche mit Feuer nur durch, wenn Erwachsene dabei sind! Stelle immer einen Eimer Wasser bereit.

Leon und Rami haben im Sachunterricht einen Versuch durchgeführt. Sie untersuchen, ob ein Papierboot feuersicher sein kann. Anschließend wollen sie den Versuch beschreiben.

1. Fertige eine ausführliche Versuchsbeschreibung an: Ordne die Textabschnitte den Überschriften zu. Schreibe in der richtigen Reihenfolge auf.

Thema: Das Papierboot

Frage: ...

Thema: ...
Frage: ...
Ich brauche: ...
So führe ich den Versuch durch: ...
Das kann ich beobachten: ...
So erkläre ich den Versuch: ...

Versuchsbeschreibung

Ein Versuch wird in der richtigen Reihenfolge sachlich, genau und knapp in der Gegenwart beschrieben:

- Thema
- Frage
- Material
- Durchführung
- Beobachtung
- Erklärung

Das Papierboot

Das Papier färbt sich schwarz. Das Papierboot brennt nicht.

Brennt ein Papierboot, das mit Wasser gefüllt ist?

Das Wasser durchtränkt das Papier. Deshalb wird das Papier nicht so heiß, dass es brennen kann.

ein Blatt Papier, ein Teelicht, eine feuerfeste Unterlage, zwei Greifzangen, Wasser, Streichhölzer

Zuerst falte ich ein Papierboot. Dann stelle ich ein Teelicht auf die feuerfeste Unterlage und zünde es an. Nun fülle ich das Papierboot mit Wasser und halte es mit den Zangen in die Flamme.

Eine Versuchsbeschreibung überarbeiten

1. Überprüft, ob Aysun und Malte alle Bauteile einer Versuchsbeschreibung berücksichtigt haben. Was fällt euch auf?

Thema:
Kerzen unter Glas

Frage:
Welche Kerze brennt länger?

So gehe ich vor:
- *Ich lege die feuerfeste Unterlage auf den Tisch.*
- *Ich stelle die Teelichter auf die feuerfeste Unterlage.*
- *Ich zünde die Teelichter an.*
- *Ich stülpe die Gläser gleichzeitig über die Teelichter.*

Das kann ich beobachten:
Das Teelicht unter dem größeren Glas brennt länger.

So erkläre ich den Versuch:
Eine Kerze braucht zum Brennen Sauerstoff. Unter dem großen Glas ist mehr Sauerstoff als unter dem kleinen Glas. Deshalb brennt das Teelicht unter dem großen Glas länger.

2. Sieh dir die Satzanfänge an. Welchen Tipp könntest du Aysun und Malte geben?
3. Überarbeite die Versuchsbeschreibung.

4. Betrachte das Foto zum Versuch „Öl in Wasser“:
   - Stelle die notwendigen Materialien bereit.
   - Wie gehst du vor?
5. Führe den Versuch durch:
   - Was beobachtest du, wenn du Öl mit Wasser mischst?
   - Wie kannst du das Ergebnis erklären?
6. Fertige eine Versuchsbeschreibung an.
7. Stelle deine Versuchsbeschreibung in der Schreibkonferenz vor und überarbeite sie.

Was habe ich gelernt? – 2

Verben – Personalformen (Seite 18)

1. Finde die Verben. Schreibe sie in dein Heft und kreise den Wortstamm ein. Bilde alle Personalformen.

GEHEN RATEN BLUMEN LESEN BLUSEN
HASEN LAUT LAUFEN RUFEN KLEIDUNG
TASSEN HÄUFIG SCHLAFEN GEBEN SPRECHEN

Gegenwart – 1. und 2. Vergangenheit (Seite 20 – 22)

2. Schreibe die Verben in der Grundform und den Zeitformen so auf:
singen: er singt – er sang – er hat gesungen

singen brennen fliehen wachsen leiden springen beginnen
gießen waschen steigen greifen liegen kriechen
ziehen scheinen schieben schreiben vergessen schlafen

3. Schreibe den Text ab und ergänze die Sätze mit treffenden Verben. Gegenwart oder 1. Vergangenheit? Achte jeweils auf die passende Zeitform.

Einkaufen früher und heute

Die Menschen ? heutzutage immer mehr Abfall. Vor 100 Jahren ? die Leute auf dem Markt oder im Dorfladen ?. Die Verkäuferin ? die Lebensmittel in mitgebrachte Behältnisse. Beim Einkauf ? nicht viel Abfall ?. Heute ? die Menschen in den Supermarkt. In den Regalen ? die Lebensmittel in bunten Verpackungen aus Karton oder Kunststoff. Zum Transport ? die Menschen häufig Plastiktüten. So ? eine ganze Menge Müll.

produzieren
packen
anfallen
einkaufen
gehen
verwenden
stehen
entstehen

4. Setze den Text in die Vergangenheit. Schreibe die Sätze in der 1. Vergangenheit und die wörtliche Rede in der 2. Vergangenheit.

Till Eulenspiegel als Bäckergeselle

Als Till bei einem Bäcker arbeitet, formt er aus dem Teig lauter Eulen und Meerkatzen und schiebt sie in den Ofen. Am Morgen kommt der Bäcker und schreit: „Was machst du da?“ „Ich backe Eulen und Meerkatzen. Zuerst forme ich den Teig und bestreiche alles mit Eigelb. Dann drücke ich Rosinen als Augen hinein.“ Zornig wirft der Bäcker Till mitsamt den Backwaren hinaus.
Till aber verkauft das Gebäck und verdient viel Geld damit.

Lang oder kurz? (Seite 22, 23)

5. Schreibe den Text ab. Entscheide bei den fehlenden Buchstaben, ob du einen einfachen Konsonanten oder einen Doppelkonsonanten (auch ck) schreiben musst.

> ***Wir machen Feuer mit Feuerstein und Zunder***
>
> *Wenn wir wie die Steinzeitmenschen Feuer machen wo?en, brauchen wir einen eisenhaltigen Stein als Feuerschläger, einen Feuerstein und tro?enen Zunder. Zuerst schla?en wir den eisenhaltigen Stein gegen den Feuerstein, bis Funken sprühen. Fa?en die Funken auf den Zunder, begi?t dieser zu gli?en. Durch vorsichtiges Pusten züngeln kleine Fla?en empor. Nun mü?en wir Bre?material nachle?en, damit das Feuer Nahrung beko?t und auflodert.*

Versuchsbeschreibung (Seite 24, 25)

6. Kann eine Büroklammer schwimmen? Beschreibe den Versuch.
   Stelle die Versuchsbeschreibung in der Schreibkonferenz vor und überarbeite sie.
   Tauscht euch über die Erklärung aus.

Lerntagebuch

- Schreibe in dein Lerntagebuch, was du gelernt hast.
- Beurteile, wie gut du die Aufgaben kannst. Male ☺ 😐 ☹.
- Was möchtest du noch üben?

Was habe ich gelernt?

- Ich kann alle Personalformen bilden.
- Ich kann Verben in der Gegenwart, der 1. und 2. Vergangenheit bilden und richtig schreiben.
- Ich kann eine Versuchsbeschreibung knapp, sachlich und aussagekräftig formulieren.

Das möchte ich noch bis ... üben:

Gefühle sind wie Farben

1. Farben drücken Gefühle aus.
   Ordnet die Kärtchen den Farben zu.
2. Wann habt ihr euch so gefühlt?
3. Ich: Wähle zwei Kärtchen aus.
   Was tust du, wenn du dich so fühlst? Schreibe auf.
   Wut: Bin ich wütend, stampfe ich mit den Füßen ...
   Du: Tausche dich über die Verhaltensweisen mit einem Partner aus.
   Wir: Stellt eure Verhaltensweisen in der Klasse vor und sprecht darüber.

Adjektive mit den Nachsilben -ig, -lich, -isch, -sam

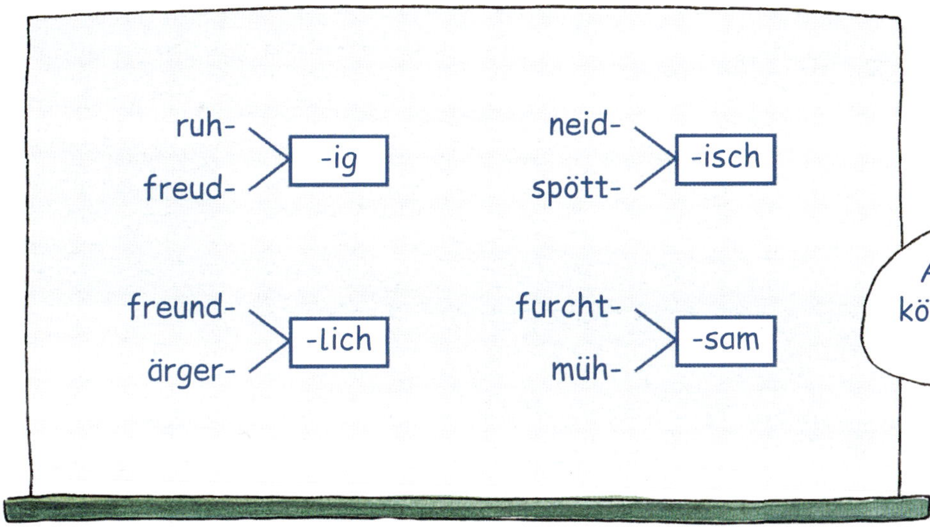

1. Wie werden die Adjektive gebildet? Erklärt.
2. Finde zu jedem Adjektiv ein Verb und ein Nomen und trage in eine Tabelle ein.

Adjektiv	Nomen	Verb
ruhig	die Ruhe	ruhen

3. Bilde aus den Nomen Adjektive mit den Nachsilben -ig, -lich, -isch, -sam. Schreibe so: die Gewalt – gewaltsam

Gewalt Trotz Friede Tag Laune Rat
Automat Spaß Witz Tücke Schrift Wache

4. Verwandle die Verben in Adjektive mit den Nachsilben -ig, -lich, -isch, -sam. Schreibe so: fragen – fraglich

fragen wachen achten
schweigen beachten rutschen erfreuen
auffallen misstrauen biegen

5. Schreibe den Text ab und bilde passende Adjektive.

Lea ist nicht gern allein

Lea sitzt (schweigen) auf der Bank. (Trauer) blickt sie zu ihren Klassenkameradinnen, die auf der Nestschaukel sitzen. Da kommt Amira und fragt (Freund): „Willst du mit uns schaukeln?“ Lea nickt und geht mit.

Adjektive

Adjektive beschreiben, wie etwas oder jemand ist. Mit den Nachsilben **-ig, -lich, -isch, -sam** können wir aus Nomen und Verben Adjektive bilden:

der Freund – freundlich
biegen – biegsam

Adjektive – Vergleichsstufen

Basina

Basina lebt mit ihrer Mutter und ihren zwei Schwestern in Deutschland. In ihrem Heimatland herrscht Krieg. Die Flucht nach Deutschland dauerte länger als erwartet. In einem kleinen Schlauchboot fuhren sie mit anderen Flüchtlingen über das Mittelmeer. Wellen warfen das Boot hin und her. Ängstlich dachte Basina: „Schlimmer als diese schreckliche Überfahrt kann es nicht mehr werden.“ Sie ist sehr traurig, wenn sie an ihren Vater und ihren ältesten Bruder denkt, die beide vermisst werden. Basina sehnt sich nach ihren Kusinen, mit denen sie in ihrer Heimat glücklich war.

1. Welche Wörter im Text sind Adjektive? Begründet.
2. Trage die Adjektive in eine Tabelle ein und ergänze.

Grundstufe	1. Vergleichsstufe	2. Vergleichsstufe
lang	länger als	am längsten

3. Wie steigert man folgende Adjektive? Tauscht euch aus und prüft mit dem Wörterbuch.

hoch nahe viel gut

4. Schreibe die Sätze mit den passenden Vergleichsstufen auf.

schnell:
Max läuft so ? wie Malte. Aysun läuft ? als Hanna.
Timo läuft am ?. Er ist der ? Läufer von allen.

groß:
Eva ist ? als Emil. Peter ist so ? wie Gökhan.
Max ist der ? Schüler von allen. Er ist am ?.

lang:
Lea hat ? Haare als Mia. Mia hat ? Haare als Amira.
Hannas Haare sind am ?. Sie hat die ? Haare von allen.

5. Untersucht die Vergleiche. Mit welchen Ausdrücken werden sie gebildet?

Vergleichsstufen

Mit Adjektiven können wir vergleichen.

- **Grundform**: *warm*
- **1. Vergleichsstufe**: *wärmer als*
- **2. Vergleichsstufe**: *am wärmsten*

Achtung:
Die Vergleichsstufen von *hoch*, *nahe*, *viel*, *gut* werden unregelmäßig gebildet.

Zusammengesetzte Adjektive

1. Untersuche die Adjektive. Aus welchen Wortarten wurden sie gebildet? Schreibe so:
   grasgrün: das Gras (N), grün (A)
   hellblau: ...

grasgrün hellblau messerscharf
glasklar butterweich pfeilschnell
nagelneu haushoch

Nomen = N
Verb = V
Adjektiv = A

2. Setze die Adjektive mit einem weiteren Adjektiv zusammen und schreibe einen Beipielsatz dazu.
   dunkel, blond: dunkelblond
   Das Mädchen hat dunkelblonde Haare.

dunkel hell bitter lau frei rosa

blau blond rot kalt warm willig

3. Schreibe den Text ab und setze die zusammengesetzten Adjektive in der richtigen Form ein.
   Hanna erzählt:

„Gestern haben wir eine neue Mitschülerin bekommen. Als sie das Klassenzimmer betreten hat, ist es ? geworden. Mit ihren ? Haaren und ihrem ? Kleid ist sie mir so fremd vorgekommen. Die Lehrerin hat erzählt, dass Basina in ihrer Heimat viel Schlimmes erlebt hat. Deshalb habe ich ihr ? den Platz neben mir angeboten. Basina hat mich angelächelt und sich zu mir gesetzt."

dunkelbraun buntgemustert
freiwillig mäuschenstill

4. Wie fühlt sich Hanna? Wie fühlt sich Basina? Sprecht darüber.

5. Manche Adjektive können mit der Vorsilbe un- zusammengesetzt werden. Sucht Beispiele im Grundwortschatz Seite 156 – 164. Wie verändert sich die Bedeutung der Adjektive?

Satzglieder

1. Habt ihr schon einmal eine Situation wie Jakob erlebt? Erzählt. Wie kann sich Jakob entscheiden?
2. Bilde mithilfe des Satzgliederfächers einen Aussagesatz und stelle ihn mehrmals um.

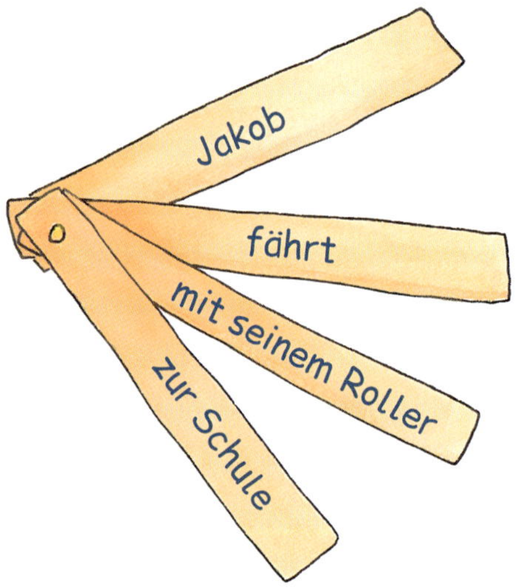

Satzglieder

Ein Satz besteht aus Satzgliedern. Jedes Satzglied besteht aus einem oder mehreren Wörtern.

3. Bestimme die Satzglieder, indem du den folgenden Satz zweimal umstellst. Vergleiche mit einem Partner.

   Jakob schiebt seinen neuen Roller auf den Schulhof.

4. Schreibe die Sätze ab und trenne die Satzglieder durch einen Strich voneinander ab.
   In der Pause / bewundert / Pavel / Jakobs Roller.

   In der Pause bewundert Pavel Jakobs Roller.

   Ihm gefällt der neue Roller.

   Jakob verleiht seinen Roller nicht.

   Der Freund ist enttäuscht.

Umstellprobe

Mithilfe der Umstellprobe kannst du feststellen, aus wie vielen Satzgliedern ein Satz besteht. Wörter, die immer zusammenbleiben, bilden ein Satzglied.

Prädikat und Subjekt

1. Bestimme mit einem Partner das Prädikat und das Subjekt in den Sätzen. Wie gehst du vor?
2. An welcher Stelle steht das Prädikat im Aussagesatz? Wo kann es im Fragesatz stehen?
3. Schreibe die Sätze von der Tafel ab. Kreise das Prädikat grün ein und unterstreiche das Subjekt gelb.
4. Schreibe selbst fünf Sätze auf. Dein Partner kreist die Prädikate grün ein und unterstreicht die Subjekte gelb.
5. Schreibe den Text ab. Kreise die Prädikate grün ein und unterstreiche die Subjekte gelb.

Clara ist unschuldig

Clara legt den Kopf auf den Tisch im Klassenzimmer und weint. Sie sagt nichts zu dem Verdacht. Nach dem Unterricht warten die Mitschüler auf sie. Bernd schlägt ihr ins Gesicht. Später geht Clara zum Training. Danach trifft sie Bernd. Er erzählt, dass der Geldschein zu Hause auf Renates Schreibtisch lag. Er entschuldigt sich und begleitet Clara nach Hause. Nun ist sie erleichtert.

6. Wie beurteilt ihr Bernds Verhalten? Tauscht euch aus.

Prädikat

Das Prädikat (Satzkern) ist das wichtigste Satzglied. Von ihm hängen weitere Satzglieder ab.
Du findest es durch die Fragen:
„Was tut/tun …?"
„Was geschieht …?"

Subjekt

Das Subjekt ist die Wer- oder Was-Ergänzung.
Du findest es mit der Frage:
„Wer oder was tut etwas?"

ie in Wortfamilien

ie oder i?

A	B
Z?l	B?ld
Z?lscheibe	B?ldung
z?lsicher	b?ldlich
abz?len	abb?lden

1. Welche Wörter schreiben wir mit ie?
2. Warum ist es wichtig, zuerst die zweisilbige Form zu bilden?
3. Finde zu jedem Verb eine Wortfamilie wie an der Tafel.

siegen lieben spielen

4. Finde ein verwandtes zweisilbiges Wort und setze i oder ie ein. Kreise den Wortstamm ein.

riechen – Riechsalz

R?chsalz D?nst M?tshaus
Br?fumschlag F?lmkamera Türsch?ld
W?ldpark G?ßkanne T?rheim

5. i oder ie? Sprich die Wörter in Silben. Trage die Nomen mit dem bestimmten Artikel in eine Tabelle ein.

zweisilbige Wörter mit ie	mehrsilbige Wörter mit i
die Wiese	die Maschine

W?se Masch?ne Z?trone R?se
Law?ne Sch?ne Mandar?ne L?neal
B?ne Rad?o L?belle T?re
Gard?ne Fam?lie s?ben Br?fe

6. Sage einem Partner ein Wort mit i in der offenen Silbe. Dein Partner bestimmt die Anzahl der Silben und nennt die Schreibweise i oder ie.

Wörter mit ie

Ist die erste Silbe in zweisilbigen Wörtern offen, schreiben wir ie. Einsilbige Wörter und Wortstämme werden verlängert:
das Ziel – zielen
Ausnahmen:
der Tiger, der Biber
Wörter mit mehr als zwei Silben schreiben wir in der offenen Silbe mit i:
die Maschine,
die Familie

Fremdwörter auf -ieren

Tom wird gemobbt

Tom interessiert sich für Amphibien und kennt viele mit ihrem lateinischen Namen. Er informiert sich in Sachbüchern und recherchiert gerne im Internet. Mesut schikaniert Tom oft. Er schubst Tom und versteckt seine Sachen. So blamiert Mesut Tom vor den anderen Kindern. Die meisten Kinder lachen.
Mesut erklärt: „Tom guckt immer so blöd.“
Tom fühlt sich nicht mehr wohl in der Klasse.

1. Im Text findest du fünf Verben, die in der Grundform auf -ieren enden. Schreibe so:
   er interessiert sich – sich interessieren
2. Was bedeuten die Verben aus Aufgabe 1?
   Ordne die richtige Bedeutung zu und schreibe so:
   sich interessieren – neugierig sein

forschen jemanden bloßstellen
sich erkundigen jemanden quälen
neugierig sein

Fremdwörter auf -ieren

-ieren ist eine typische Nachsilbe in Fremdwörtern.

3. Finde ein passendes Verb auf -ieren und bilde Sätze. Vergleiche mit einem Partner.

die Polizistin – Protokoll	der Clown – Kostüm
die Klasse – Experiment	das Pferd – Galopp
der Lehrer – Kopie	Halina – Addition

4. Sprecht über Toms Situation:
   - Wie fühlt sich Tom?
   - Was meint ihr zu Mesuts Rechtfertigung: „Tom guckt immer so blöd.“?
   - Wie sollten sich die Mitschüler verhalten?

5. Was bedeutet Mobbing? Wo kann man Hilfe finden? Informiert euch bei Erwachsenen oder im Internet (siehe Seite 154/155).
6. Übe den Text als Diktat (siehe Seite 148).

Texte erschließen – Redewendungen

vor Wut die Wände hochgehen	die ganze Welt umarmen wollen	einen Luftsprung machen
über das ganze Gesicht strahlen	am Boden zerstört sein	rotsehen
sich die Augen aus dem Kopf weinen	vor Freude aus dem Häuschen sein	neuen Mut schöpfen
von einer Last befreit sein	in ein dunkles Loch fallen	mit der Faust auf den Tisch schlagen

Mindmap*

Eine Mindmap* ist eine Gedankenlandkarte. Mit ihr können wir unsere Gedanken ordnen. In der Mitte steht das Thema. Äste führen zu den Oberbegriffen. Zweige führen zu den Unterbegriffen.

*sprich: Meindmäp

1. Erklärt die Redewendungen mit eigenen Worten.
2. Ordne die Redensarten in einer Mindmap folgenden Oberbegriffen zu:

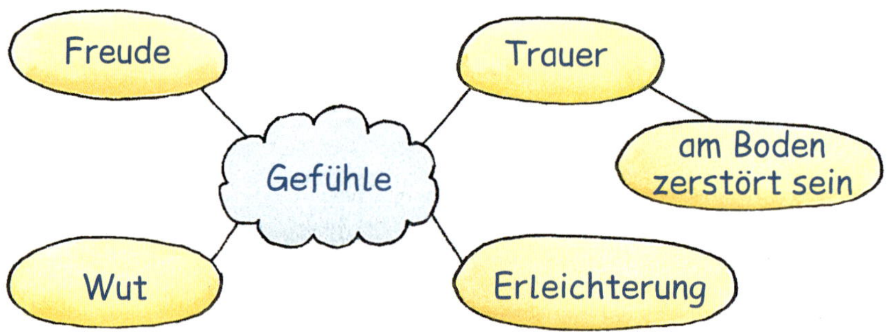

Lästereien

Am Boden zerstört kommt Ayshe nach Hause. Ihre Mutter sieht schon von Weitem, dass etwas nicht stimmt. Ayshe schimpft: „Ich könnte vor Wut platzen!" Sogleich schießen ihr die Tränen in die Augen. Ruhig nimmt die Mutter sie in den Arm und meint: „Erzähle!" Ayshe schluchzt: „Lisa lästert in der Schule über mich." Die Mutter tröstet: „Weine dir nicht die Augen aus dem Kopf, sondern frage sie, was sie gegen dich hat."

3. Wie geht es Ayshe? Welche Funktion haben die Redewendungen im Text?

Wortarten üben: Adjektive

Mobbing

*Emil ist der kleinste Junge in der Klasse und sehr schüchtern.
Samuel ärgert ihn oft. Einmal versteckt er Emils Schulranzen,
ein anderes Mal stellt er ihm ein Bein.
Emil fühlt sich wehrlos. Zu Hause sitzt er dann traurig
in seinem Zimmer und weint. Rasin ist empört.
Sie wendet sich an die Lehrerin und informiert sie
über Samuels Verhaltensweise.
Die Lehrerin hört aufmerksam zu und lobt Rasin.
Sie führt mit den Schülern ein langes Gespräch über Mobbing.*

1. Trage alle Adjektive in eine Tabelle ein und ergänze.

Grundform	1. Vergleichsstufe	2. Vergleichsstufe
klein	kleiner	am kleinsten

2. Schreibe die Adjektive mit einem passenden Nomen auf.
   klein – das kleine Haus, ...
3. Schreibe die Sätze mit passenden Adjektiven auf.

*Amira sitzt (schweigen) auf der Bank.
(Trauer) beobachtet sie ihre Klassenkameradinnen auf
dem Schulhof.
Da kommt Lea und fragt (Freund):
„Willst du zu uns kommen?“
Amira ist zuerst (Misstrauen).
Dann nickt sie (Glück) und geht mit.*

4. Übe den Text „Mobbing“ als Diktat
   (siehe Seite 148).

Eine Geschichte planen und schreiben

So ein Schreck!

...
Schnell kletterte Lina den Abhang hinunter und nahm den zitternden Jonas in die Arme. Zum Glück war Jonas unverletzt und alle kamen mit dem Schrecken davon.

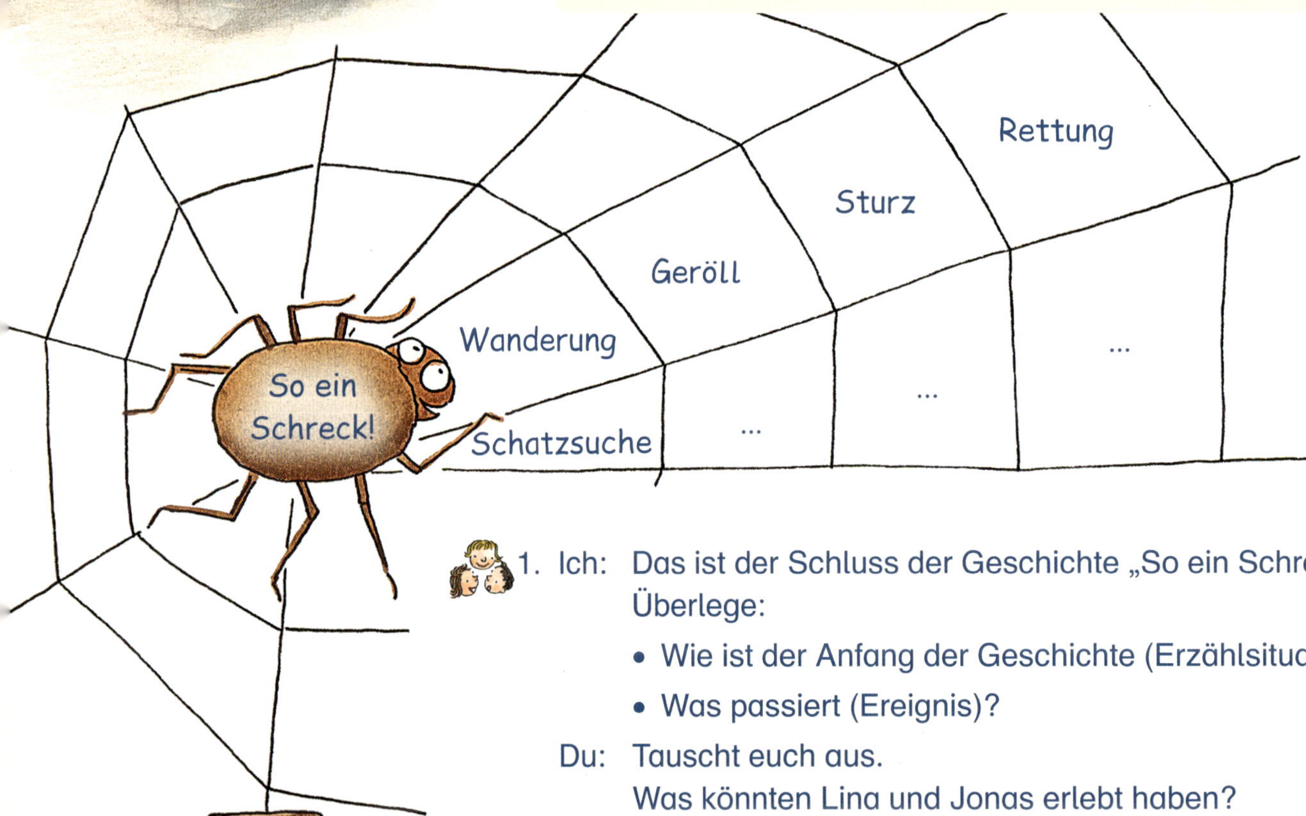

Ideenspinne

Mit der Ideenspinne kannst du Schreibideen sammeln und weiterspinnen.

1. Ich: Das ist der Schluss der Geschichte „So ein Schreck!“.
   Überlege:
   - Wie ist der Anfang der Geschichte (Erzählsituation)?
   - Was passiert (Ereignis)?

   Du: Tauscht euch aus.
   Was könnten Lina und Jonas erlebt haben?
   Schreibt dazu Stichwörter von innen nach außen in eine Ideenspinne.

   Wir: Stellt eure Stichwörter vor und ergänzt die Ideenspinne mit den Vorschlägen.
2. Entscheide dich für eine Schreibidee und schreibe die Geschichte in der 1. Vergangenheit auf.
3. Lies deine Geschichte einem Partner vor.

Eine Geschichte überarbeiten

... Wo war Jonas? Hoffentlich ist ihm nichts passiert!
Lina schaute sich suchend um.
Alles blieb still.
Auf einmal hört sie ein Geräusch.
Sie näherte sich dem Abhang. Jetzt konnte sie Jonas sehen.
Laut schluchzend sitzt Jonas im Gras.
Lina rief: „Warte, ich komme zu dir hinunter.“
Schnell kletterte Lina den Abhang hinunter ...

1. So hat Pavel das Ereignis in der Geschichte geschrieben. Überprüft den Handlungsverlauf.

2. Pavel stellt seine Geschichte in der Schreibkonferenz vor. Sprecht über die Tipps der anderen Kinder.

☺ Deine Geschichte passt zum Schluss.

☹ Du wechselst manchmal in die Gegenwart.

Tipp Überprüfe die Prädikate.

☺ Du verwendest unterschiedliche Satzanfänge.

☹ Du beschreibst nicht, wie Lina sich fühlt.

Tipp Beschreibe Linas Gefühle mit passenden Adjektiven.

Ereignis

Handlungsverlauf des Ereignisses:
Was geschieht?
Wie geschieht es?
Warum geschieht es?

3. Welche Tipps könnt ihr Pavel noch geben? Tauscht euch aus.

4. Stelle deine Geschichte in der Schreibkonferenz vor und überarbeite sie.

Was habe ich gelernt? – 3

Adjektive (Seite 28 – 31)

1. Bilde Adjektive mit den Endungen -ig, -lich, -isch und -sam.

Mut Himmel Dreck Ende Neugier
Stachel Rat Recht richten deuten
spotten nützen streben stürmen fallen

2. Trage die Adjektive in eine Tabelle ein und ergänze.

Grundstufe	1. Vergleichsstufe	2. Vergleichsstufe

schlechter am schwersten am tiefsten schwieriger schlimm
lang älter am kleinsten teuer am härtesten breit stark

3. Bilde zusammengesetzte Adjektive.

Feder Spiegel Blitz Nagel
dunkel nass blass

schnell neu leicht glatt
blau rosa kalt

Satzglieder (Seite 32, 33)

4. Schreibe die Sätze ab. Kreise das Prädikat grün ein und unterstreiche das Subjekt gelb. Stelle jeden Satz um und bilde jeweils einen weiteren Aussage- und einen Fragesatz.

Waldbrände entstehen häufig bei Trockenheit.
Bei Wind breiten sie sich schnell aus.
Sie werden für Menschen und Tiere gefährlich.
Die Feuerwehr bekämpft die Waldbrände mit Löschfahrzeugen.
Bodentruppen löschen das Feuer mit Wasser.

Wörter mit ie (Seite 34)

5. Finde ein verwandtes zweisilbiges Wort und setze i oder ie ein.

b?gsam Schm?röl Tr?nkbecher
D?nstbote M?twohnung l?blich b?ldschön
Fl?ßrichtung W?ldhüter Besenst?l

Wörter auf -ieren (Seite 35)

6. Ersetze die markierten Wörter durch ein Verb auf -ieren.

Die Sportler machen ein Training.
Der Arzt führt eine Operation durch.
Die Freunde sprechen am Telefon.
Die Schüler führen eine Multiplikation durch.
Der Kapitän gibt ein Kommando.
Die Klasse führt eine Diskussion.

Eine Geschichte schreiben (Seite 38, 39)

7. Schreibe eine Geschichte zu folgendem Schluss:

... Mit klopfendem Herzen öffnete Tülin die Schranktür. Da sprang mit einem Satz ihre geliebte Katze heraus. Erleichtert nahm Tülin Mieze auf den Arm und drückte sie fest an sich.

8. Stelle deine Geschichte in der Schreibkonferenz vor und überarbeite sie.

Üben mit Wortkarten (Seite 150)

9. Übe schwierige Wörter. Schreibe sie auf Karteikarten.

Lerntagebuch

- Schreibe in dein Lerntagebuch, was du gelernt hast.
- Beurteile, wie gut du die Aufgaben kannst. Male ☺ 😐 ☹.
- Was möchtest du noch üben?

Was habe ich gelernt?

- Ich kann Adjektive auf -ig, -lich, -isch, -sam bilden.
- Ich kann Adjektive steigern.
- Ich kann zusammengesetzte Adjektive bilden.
- Ich kann Sätze umstellen.
- Ich kann Subjekt und Prädikat bestimmen.
- Ich schreibe Wörter mit ie und auf -ieren richtig.
- Ich kann eine Geschichte zu einem vorgegebenen Schluss schreiben.

Das möchte ich noch bis ... üben:

Zeit der Burgen und Ritter

Legende

1. Torhaus mit Zugbrücke und Fallgatter
2. Wehrturm
3. Burgmauer
4. Wehrgang
5. Vorburg
6. Küchenhaus
7. Brunnen
8. Schmiede
9. Stallgebäude
10. Kräutergarten
11. Kernburg
12. Palas mit Kemenate, Rittersaal und Kapelle
13. Aborterker
14. Bergfried mit Wachraum, Waffenraum und Kerker

Die meisten Burgen wurden zwischen dem 9. und 16. Jahrhundert gebaut. Heute gibt es nur noch wenige vollständig erhaltene Burgen.

1. Habt ihr schon einmal eine Burg besichtigt? Erzählt.
2. Betrachtet die Burganlage und ordnet die Begriffe zu.

Das Wohngebäude des Burgherrn und seiner Familie war ein mehrgeschossiges Gebäude mit großen Fenstern und dem meisten Komfort.

In jedem Geschoss gab es mindestens einen Erker mit einem Plumpsklo („Heimliches Gemach"). Der Sitz bestand aus einer Stein- oder Holzplatte mit einem runden Loch.

Er war der höchste unbewohnte Turm der Burg und diente als Aussichtspunkt für die Wachen. Bei einem Angriff war er der letzte Zufluchtsort für die Burgbewohner.

Der Kerker war ein fensterloser Kellerraum. Er war nur über das sogenannte Angstloch zu erreichen.

Sie diente als Wohn- und Schlafraum und war oft der einzige beheizbare Raum in der ganzen Burg. Sie war der Privatraum der Familie des Burgherrn.

3. Finde zu diesen Beschreibungen die passenden Begriffe und schreibe so:
   Kemenate: Sie diente als ...
4. Sucht euch ein Thema zu Burgen und Rittern aus und bereitet einen Vortrag vor. Schaut euch dazu die Seiten 144/145 an. Informiert euch im Internet.

Satzglied: Ortsangabe

Wohin führte die Zugbrücke?

Die Zugbrücke führte in die Vorburg.

Wo stand das Küchenhaus?

Das Küchenhaus stand an der inneren Burgmauer.

Woher wurde das Wasser geholt?

Das Wasser wurde aus dem Brunnen geholt.

1. Lest den Dialog mit verteilten Rollen. Mit welchen Ortsangaben antwortet Juri auf Amiras Fragen?
2. Stelle Suchfragen zur Abbildung auf Seite 42/43. Dein Partner antwortet mit der passenden Ortsangabe. Wechselt euch ab.
3. Bilde Sätze und schreibe sie in dein Heft. Kreise das Prädikat grün ein und unterstreiche das Subjekt gelb. Frage nach der Ortsangabe und unterstreiche sie lila.

Die Schmiede lag	im Bergfried.
Die Kemenate war	neben den Ställen.
Das Verlies befand sich	vor der inneren Burgmauer.
Der Garten lag	auf der Burgmauer.
Der Wehrgang befand sich	über dem Rittersaal.

4. Überprüfe mit der Abbildung auf Seite 42/43 und vergleiche mit einem Partner.
5. Schreibe den Text ab. Unterstreiche die Ortsangabe lila.

Besuch auf der Burg

Auf dem Wehrgang halten die Soldaten Wache. Ritter Gerold reitet in die Vorburg. Ein Wachsoldat steht am inneren Burgtor und lässt ihn passieren. Burgherr Walther begrüßt Ritter Gerold freundlich vor dem Palas. Er lädt ihn in den Rittersaal ein. Burgherrin Gundis eilt aus der Kemenate herbei und heißt den Gast ebenfalls willkommen.

Ortsangabe

Ortsangaben sind ein- oder mehrteilig. Du findest sie mit den Fragen:
„Wo …?“
„Wohin …?“
„Woher …?“

Satzglied: Zeitangabe

1. In den Sprechblasen findest du Zeitangaben.
   Auf welche Fragen geben sie eine Antwort?
   Tausche dich mit einem Partner aus.

2. Schreibe die Sätze ab und ergänze passende Zeitangaben.
   Kreise das Prädikat grün ein, unterstreiche das Subjekt gelb und die Zeitangabe blau.

Tagesablauf eines Ritters

... stehen die Ritter von ihrem Nachtlager auf.
... üben die Ritter mit den Waffen im Burghof.
... treffen sich alle Ritter am Flussufer.
... bewegen die Ritter ihre Pferde.
... essen alle in der großen Halle.
... ziehen sich die Ritter zurück.

vormittags   zwei Stunden lang
nach dem Abendessen
bei Sonnenaufgang   am Nachmittag   abends

3. Wie könnte der Tagesablauf einer Burgherrin aussehen?
   Schreibe einen kurzen Text und verwende Zeitangaben.
   Informiere dich in Sachbüchern, in Lexika oder im Internet.

Zeitangabe

Zeitangaben sind ein- oder mehrteilig. Du findest sie mit den Fragen:
„Wann...?“
„Seit wann...?“
„Wie lange....?“

Personalpronomen

Ein Gast auf der Burg

Burgherr Walther veranstaltet ein Fest.
Burgherr Walther möchte seinem Gast eine Freude bereiten.
Ritter Gerold sitzt neben der Burgherrin Gundis.
Ritter Gerold nickt Burgherrin Gundis freundlich zu.
Walther führt mit Ritter Gerold ein langes Gespräch.
Walther erkundigt sich bei Ritter Gerold nach dem König.

1. Wie könnt ihr Wiederholungen im Text vermeiden? Tauscht euch aus.
2. Finde passende Personalpronomen und schreibe die Sätze ab.

3. Lies den Text laut. Überlege mit einem Partner, welche Satzglieder durch Personalpronomen ersetzt werden können.

Ein Fest auf der Burg

Der Mundschenk eilt zu Burgherr Walther und zu Ritter Gerold. Der Mundschenk schenkt Burgherr Walther und Ritter Gerold Wein ein. Walther blickt zu Gerold und prostet Gerold zu. Nun betreten die Musikanten den Saal und verbeugen sich vor dem Burgherrn und seinem Gast. Auf ein Zeichen beginnen die Musikanten zu musizieren und zu singen. Die Zuhörer applaudieren begeistert. Die Zuhörer wünschen sich eine Zugabe.

Ersatzprobe

Bei der Ersatzprobe ersetzt du Wörter oder Wortgruppen durch ein anderes Wort oder eine andere Wortgruppe.

Die Ersatzprobe hilft dir, Satzglieder zu erkennen und Texte zu überarbeiten.

4. Schreibe den Text mit den Personalpronomen auf. Vergleiche mit einem Partner.

Auslautverhärtung b – p, d – t, g – k

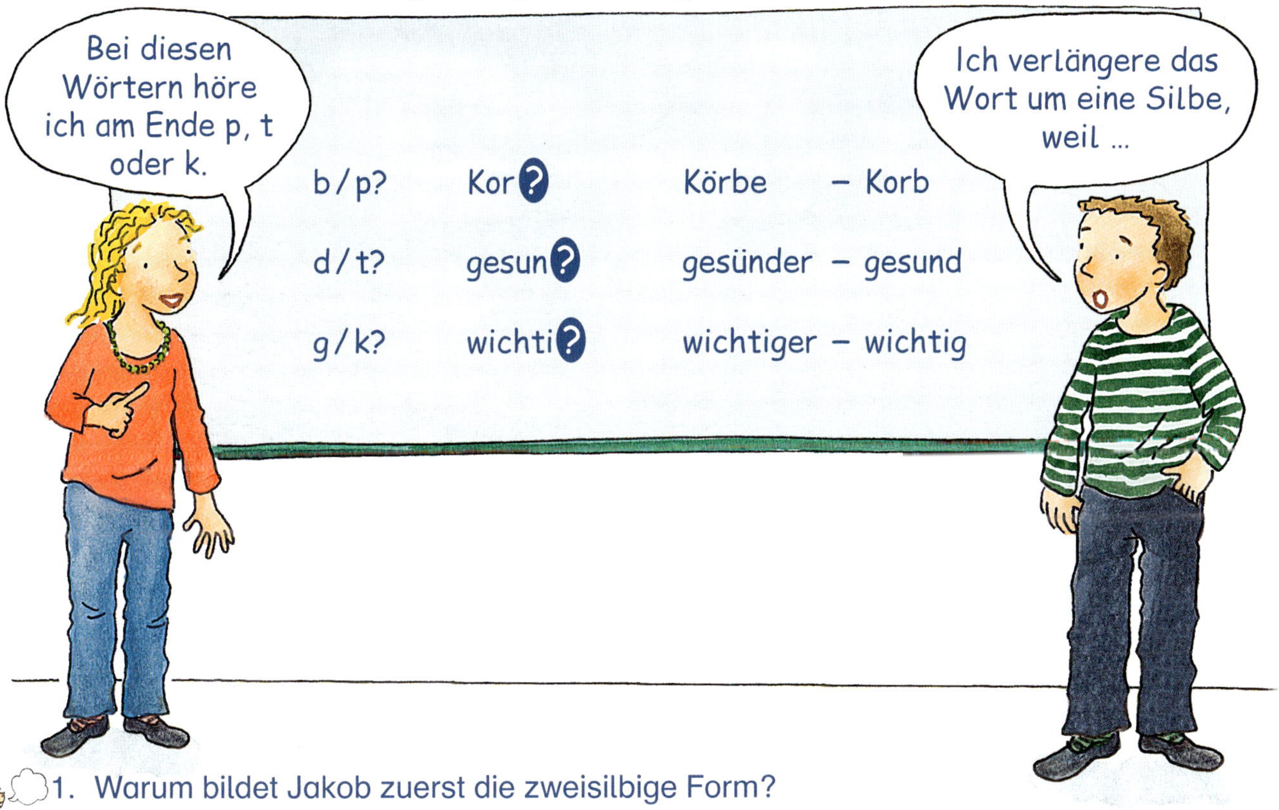

1. Warum bildet Jakob zuerst die zweisilbige Form?
2. Erweitere die Adjektive um eine Silbe und schreibe so:
   der mächtige Herrscher – Der Herrscher ist mächtig.

   Der Herrscher ist mächti?. Der Junge ist muti?.
   Die Ritterfamilie ist adli?. Die Ausbildung ist har?.
   Der Herzog ist großzügi?. Der Ritter ist frem?.
   Die Burgherrin ist gebilde?. Der Turm ist run?.

3. Erweitere die Nomen um eine Silbe, indem du die Mehrzahl bildest:
   die Herzöge – der Herzog

   Herzo? Wal? Ta? Schla? Aben?
   Pflich? Bur? Die? Krie? Köni?

4. Bilde die Grundform und schreibe so:
   üben – er übt, er übte, er hat geübt

   er ü?t er le?t er lo?t er wa?t
   er we?t er ja?t er he?t er fe?t
   er to?t er le?t er trä?t er schie?t
   er erlau?t er lie?t er stei?t er wir?

Verlängern

b oder p, d oder t, g oder k?
Die richtige Schreibweise am Ende eines Wortes (Auslaut) findest du, indem du das Wort um eine Silbe verlängerst.

Wortfeld sehen

Hildegard von Bingen – die bedeutendste Frau im Mittelalter

Hildegard lebte von 1098 – 1179. Selbstbewusst verwirklichte sie ihre Ziele zu einer Zeit, in der die Männer das Sagen hatten und die Frauen gehorchen mussten. Sie gründete zwei Klöster und stand diesen als Äbtissin vor.

1. Lest den Text laut. Was fällt euch auf?

> ***Hildegard von Bingen***
>
> *Hildegard war eine bedeutende Naturwissenschaftlerin und Heilkundige. Sie sah die Natur genau und sah die heilenden Eigenschaften vieler Pflanzen. Als Ärztin sah sie viele Krankheiten und heilte die Menschen. Hildegard sah, dass Gott zu ihr sprach, und sie folgte ihren Visionen. Großen Einfluss hatte sie auf die Mächtigen der Kirche und der Politik, die sie als ebenbürtig ansahen.*

2. Ersetze die Formen von „sehen“ durch treffendere Verben und schreibe den Text auf.

> erforschen wahrnehmen beobachten
> betrachten entdecken

3. Vergleiche mit einem Partner und begründet eure Wahl.
4. Ergänze mit einem Partner das Wortfeld „sehen“ mit weiteren Wörtern aus dem Wörterbuch.

erkennen … …
sehen
blicken … …

5. Hildegard von Bingen war zu ihrer Zeit eine besondere Frau. Informiert euch im Internet (siehe Seite 154/155).

Wortarten üben: Verben

Aufnahme in den Ritterstand

Die Aufnahme in den Ritterstand folgte einem genau festgelegten Ablauf. Am Vortag nahm der angehende Ritter ein Bad und zog eine Mönchskutte an. Die Nacht verbrachte er in der Kirche und betete vor dem Altar. Nach dem Gottesdienst am Morgen bekleidete er sich mit einem roten Gewand. Anschließend überreichte ihm ein Ritter die Sporen und den Gürtel mit dem Schwert. Während eines weiteren Gottesdienstes weihte ein Priester das Schwert. Zum Schluss feierten alle ein fröhliches Fest.

1. Trage die Verben in eine Tabelle ein. Ergänze die anderen Zeitformen.

Grundform	Gegenwart	1. Vergangenheit	2. Vergangenheit
folgen	er ...	er ...	er ist ...

2. Bei welchen Verben ändert sich der Wortstamm? Kreise ein.
3. b/p, d/t oder g/k? Verlängere die Verben. Schreibe so:
   leben – er lebte

le?te versor?te ja?te blie? tran?
erhiel? ü?te pfle?te schlu?

Ein Rezept verstehen und schreiben

Arme Ritter

Zutaten:

- 4 Scheiben Toast
- 30 g Zucker
- 5 Esslöffel Öl
- 1 Ei
- 250 ml Milch
- Zimt und Zucker

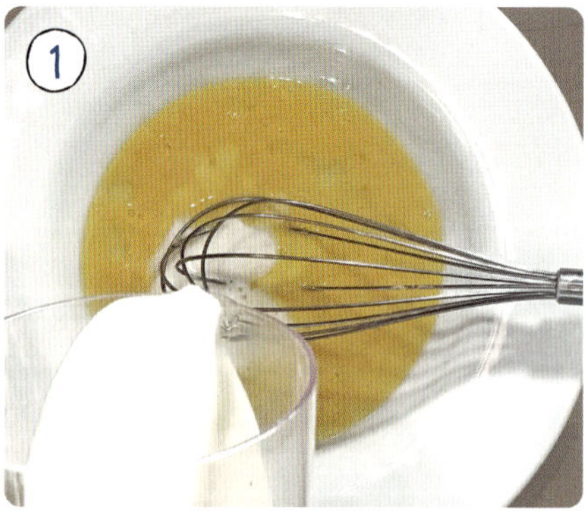

1. Lest die Zutaten und betrachtet die Fotos.
   Wie werden Arme Ritter zubereitet?

mit Milch und Zucker verrühren	Öl in der Pfanne erhitzen	Toastbrot in heißem Öl von beiden Seiten goldbraun anbraten

Toastbrot in die Eiermilch tauchen

Arme Ritter heiß servieren	Ei aufschlagen	Arme Ritter mit Zimt und Zucker bestreuen

2. Schreibe das Rezept für Arme Ritter auf.
   Achte auf die Reihenfolge. Schreibe so:

   Arme Ritter
   Zutaten:
   ...
   Zubereitung:
   Zuerst schlägt man das Ei auf.

3. Vergleiche dein Rezept mit einem Partner.

Rezept

Ein Rezept ist sachlich und knapp formuliert und steht in der Gegenwartsform. Es beschreibt die einzelnen Arbeitsschritte in der richtigen Reihenfolge:

- Thema
- Zutatenliste
- Zubereitung in der man-Form
- Serviertipp

Ein Rezept überarbeiten

Edon hat in seinem Rezept die Zubereitung für Eierkuchen beschrieben.

Eierkuchen

Zutaten:
- 4 Eier
- 500 ml Milch
- 300 g Mehl
- 3 bis 4 Esslöffel Mineralwasser
- 1 Prise Salz
- Zucker zum Bestreuen
- Öl

Zubereitung:
Man schlägt die Eier auf und verrührt sie mit der Milch.
Man fügt das Salz und vier Esslöffel Mineralwasser hinzu.
Vorher gibt man das Mehl dazu und verrührt alles.
Man erhitzt das Öl in der Pfanne und verteilt einen Schöpflöffel Teig darin.
Man backt den Eierkuchen von beiden Seiten goldbraun.
Man bestreut ihn mit Zucker und serviert ihn heiß.
Guten Appetit!

1. Lies das Rezept. Was fällt dir auf?
2. Überarbeite das Rezept. Schreibe die einzelnen Arbeitsschritte in der richtigen Reihenfolge auf und verwende unterschiedliche Satzanfänge.

Tipps für Satzanfänge:
zuerst als Erstes dann darauf nun
jetzt danach als Nächstes
anschließend zuletzt zum Schluss

3. Schreibe das Rezept zu deinem Lieblingsgericht auf.
4. Stelle dein Rezept in der Schreibkonferenz vor und überarbeite es. Schreibe es sauber und gut lesbar auf und gestalte es mit einem Bild oder einem Foto.
5. Fertigt mit euren Rezepten ein Klassenkochbuch an.
6. Für das Gericht Eierkuchen gibt es viele Bezeichnungen. Wie werden sie bei euch genannt? Kennt ihr weitere Bezeichnungen?

Was habe ich gelernt – 4

Ortsangaben, Zeitangaben (Seite 44, 45)

1. Trage die Ortsangaben passend in eine Tabelle ein.

wo?	woher?	wohin?

Die Ritter ziehen in die Schlacht.
Die Feinde kommen aus dem Wald.
Die Burgherrin wartet in der Kemenate.
Die Magd arbeitet im Burggarten.
Der Hund kommt knurrend aus der Hütte.
Der Bursche führt das Pferd in den Stall.

2. Trage die Zeitangaben passend in eine Tabelle ein.

wann?	wie lange?	seit wann?

Im Sommer baden die Kinder im Teich.
Die Burg wird seit drei Tagen belagert.
Heute hat der König gute Laune.
Fünf Tage war der Burgherr unterwegs.
Die ganze Nacht hat es geschneit.
Seit fünf Tagen ist der Burgherr wieder zurück.

Personalpronomen (Seite 46)

3. Schreibe die Sätze ab und ersetze die markierten Satzglieder durch Personalpronomen.

Die Ritter brechen am frühen Morgen auf. Der König erwartet die Ritter.

Die Burgherrin besucht die Kranken. Sie gibt den Kranken ein Heilmittel.

Der Bote reitet schnell zur Burg. Der Bote hat eine wichtige Nachricht.

Auslautverhärtung (Seite 47)

4. Schreibe den Text ab und ergänze b oder p, d oder t, g oder k.

Erziehung zum Ritter

Der erstgeborene Sohn blie? bis zum Alter von sieben Jahren bei seiner Familie. Dann musste er Abschie? nehmen und auf einer anderen Bur? als Page dienen. Dort lernte er schwimmen und kämpfen. Besonders wichti? war der Umgang mit Pfer? und Schwer?. Mit 14 Jahren begleitete er seinen Herrn auf die Jag? und auf Turniere. Er stellte ihm die Waffen berei? und brachte ihm Helm und Schil?.

Ein Rezept schreiben (Seite 50, 51)

5. Betrachte die Fotos genau und schreibe das Rezept dazu.

Kartoffelpuffer

Zutaten für 2 Personen: 6 große Kartoffeln, 4 Esslöffel Mehl, 1 Ei, Salz, Pfeffer, Öl, Apfelmus

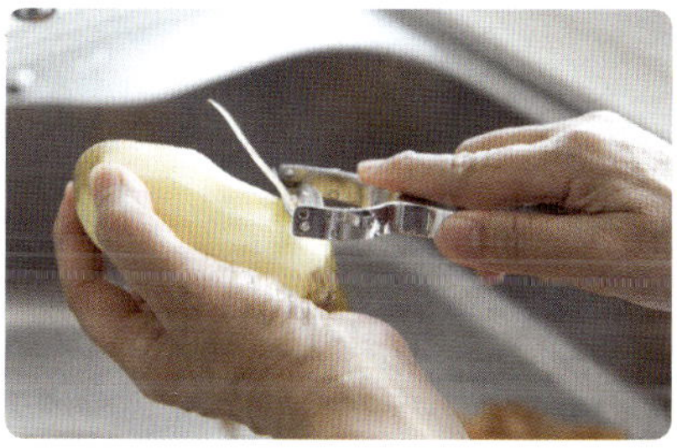

6. Stelle dein Rezept in der Schreibkonferenz vor und überarbeite es.

Üben mit Wortkarten (Seite 150)

7. Übe schwierige Wörter. Schreibe sie auf Karteikarten.

Lerntagebuch

- Schreibe in dein Lerntagebuch, was du gelernt hast.
- Beurteile, wie gut du die Aufgaben kannst. Male ☺ 😐 ☹.
- Was möchtest du noch üben?

Was habe ich gelernt?

- Ich erkenne Ortsangaben.
- Ich erkenne Zeitangaben.
- Ich kann Satzglieder durch Personalpronomen ersetzen.
- Ich kann den richtigen Auslaut eines Wortes bestimmen (b – p, d – t, g – k), indem ich das Wort um eine Silbe erweitere.
- Ich kann ein Rezept zu einer Bilderfolge schreiben.

Das möchte ich noch bis ... üben:

Mädchen – Jungen

1

2

3

5

4

6

7

8

9

1. Ich: Jedes Foto steht für ein Hobby.
   Welche Hobbys sind dargestellt?

   Du: Ordnet die Hobbys Mädchen oder Jungen zu.

   Wir: Stellt eure Zuordnung in der Klasse vor und begründet eure Meinung.

2. Besprecht in der Klasse:
   - Bei welchen Hobbys seid ihr euch einig?
   - Bei welchen Hobbys seid ihr verschiedener Meinung?
   - Gibt es typische Hobbys für Mädchen oder für Jungen?

Wörtliche Rede mit vorangestelltem Redebegleitsatz

Redebegleitsatz	Wörtliche Rede
Hanna meint:	„Jungen können nicht verlieren."
Timo bemerkt:	„Mädchen ärgern oft andere."

1. Die Kinder der Klasse 4c diskutieren. Wie sprechen sie? Findet passende Verben aus dem Wortfeld „sagen".
2. Schreibe die Behauptungen der Kinder als wörtliche Rede auf. Verwende für die Redebegleitsätze passende Verben. Denke an die Satzzeichen.
3. Vergleiche deine Sätze mit einem Partner.
4. Wie sind Jungen? Wie sind Mädchen? Diskutiert und begründet eure Meinungen. Beachtet die Gesprächsregeln (siehe Seite 140).

Wörtliche Rede mit Redebegleitsatz

Am Anfang und am Ende der wörtlichen Rede stehen die **Anführungszeichen**. Ist der Redebegleitsatz vorangestellt, folgt ihm ein **Doppelpunkt**.

Karin behauptet: „Jungen reden gerne."

Wörtliche Rede mit nachgestelltem Redebegleitsatz

1. Untersuche die Sätze mit einem Partner. Was fällt euch auf?
2. Bestimmt die Satzarten in der wörtlichen Rede. Untersucht die Satzschlusszeichen in der wörtlichen Rede.
3. Schreibe die Sätze mit Satzzeichen auf.

   1) Ich heiße Ilja   sagt der Junge.

   2) Woher kommst du?   fragt Lisa.

   3) Ich komme aus Russland   sagt er.

   4) Bist du traurig?   fragt Lisa.

   5) Keiner mag mich!   flüstert Ilja.

   6) Ich finde dich nett!   meint Lisa.

4. Wie könnte das Gespräch weitergehen? Schreibe auf.
5. Vergleiche deine Sätze mit einem Partner.

Wörtliche Rede mit Redebegleitsatz

Steht der Redebegleitsatz nach der wörtlichen Rede, setzen wir nach den „Anführungszeichen oben" ein **Komma**. Ist die wörtliche Rede ein Aussagesatz, fällt der Punkt weg. Ausrufezeichen oder Fragezeichen bleiben erhalten.

6. Am letzten Schultag vor den Ferien verabreden sich Lisa und Ilja. Schreibe das Gespräch ab und ergänze die Satzzeichen.

?Bist du in den Ferien zu Hause?will Ilja wissen.
?Ja?nickt Lisa.
Ilja fragt?Prima! Kommst du morgen zu mir??
?Ich muss zuerst meine Eltern fragen?erwidert Lisa.
Ilja meint?Mach das?
Lisa schlägt vor?Dann musst du auch zu mir kommen?
?Klar?stimmt Ilja zu.

7. Iljas Vater bekommt eine neue Arbeitsstelle in einer anderen Stadt. Deshalb wird die Familie umziehen. Lest den Dialog zwischen Ilja und Lisa mit verteilten Rollen.

8. Schreibe den Dialog mit passenden Redebegleitsätzen auf. Stelle den Redebegleitsatz an unterschiedliche Stellen.

antworten zustimmen sich freuen
erzählen fragen flüstern

9. Vergleiche deinen Dialog mit einem Partner.

Satzergänzung: Wen oder was?

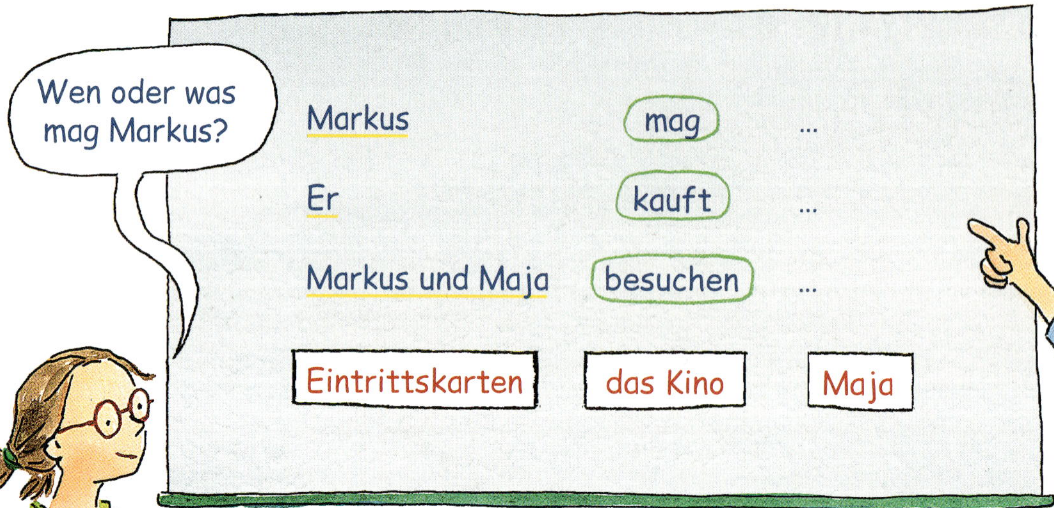

1. Frage „Wen oder was?“ und ergänze die Sätze.
   Schreibe so und unterstreiche die Ergänzung rot:
   Wen oder was mag Markus?
   Markus mag Maja.
2. Lies die Sätze unter den Bildern. Schreibe die Sätze mit einer passenden Wen- oder Was-Ergänzung auf.

Markus schreibt ...

Maja trifft ...

Sie sehen ...

3. Vergleiche deine Sätze mit einem Partner.
4. Schreibe den Text ab. Kreise das Prädikat grün ein und unterstreiche das Subjekt gelb.
   Frage nach der Ergänzung und unterstreiche sie rot.

Majas Brief

Maja schreibt einen Brief. Sie malt kleine Herzen darauf. Dann steckt sie den Brief in einen Umschlag. Maja zieht ihre Jacke an und geht zu Markus. Heimlich schiebt sie die Nachricht unter der Haustür durch. Markus findet den Brief.

Satzergänzung: Wen oder was?

Häufig folgt einem Verb eine Ergänzung (Objekt) auf die Frage: „Wen oder was ...?“

*Er sieht **einen/den** Vogel.*

*Sie findet **eine/die** Tasche.*

*Er liest **ein / das** Buch.*

Satzergänzung: Wem?

1. Wem gehören die Dinge? Lies den Dialog mit einem Partner. Setzt den Dialog mit den Stichwörtern fort.

   Trillerpfeife – Sportlehrer   Mütze – Schülerin
   Jacke – Schüler   Füller – Rektorin
   Tasche – Sekretärin   Schnuller – Baby

2. Schreibe die Fragen und Antworten aus Aufgabe 1 auf und unterstreiche die Ergänzung orange.

3. Welche Ergänzung passt? Frage „Wem?“ oder „Wen/was?“ und schreibe die Sätze auf.

   Gökhan hilft ... beim Kochen.

   Die Mutter begrüßt ... bei der Ankunft.

   Der Vater liest ... eine Geschichte vor.

   Das Kind trinkt ...

   Die Freunde schenken ...

   seine Mutter   der Sohn   ein Buch
   Limonade   der Gast   dem Geburtstagskind

4. Vergleiche deine Sätze mit einem Partner.

Wem-Ergänzung

Manche Verben erfordern eine Ergänzung (Objekt) auf die Frage: „Wem ...?“

*Das Kind antwortet **einer/der** Lehrerin.*

*Es folgt **einem/dem** Freund.*

*Das Buch gefällt **einem/dem** Kind.*

z oder tz, k oder ck?

1. Wann schreiben wir z oder tz, wann schreiben wir k oder ck?

2. k oder ck? Schreibe die Wörter.

Zir?el win?en pa?en blin?en schen?en
ti?en trin?en we?en wel?en den?en
Bir?e bli?en mer?en glü?en erschre?en

3. z oder tz? Schreibe die Wörter.

blin?eln Wan?e schü?en schmun?eln
Pfü?e schmel?en pla?en
schwi?en Pflan?e bru?eln schma?en
Gren?e glän?en pu?en

4. z oder tz, k oder ck? Bilde eine zweisilbige Form und entscheide. Schreibe so:

glücken – Glück

Glü? Stü? Pla? Schmer? schwar?
kur? Schre? Scher? Schwan? Her?
Wer? Kran? Glan? Har? Sa?

Wortarten üben: Verben

Lola, Star der gelben Mannschaft

Lola ist neu an der Schule. Gleich am ersten Tag findet ein Fußballturnier statt. „Denkt daran, Mädchentore zählen doppelt!“, sagt der Sportlehrer. Aber die Jungen spielen den Mädchen den Ball nicht zu.

Lola wird wütend. Sie jagt einem Gegner den Ball ab und schießt das erste Tor. Lola kämpft weiter und erzielt drei weitere Tore. Lolas Mannschaft gewinnt das erste Spiel. Lola scherzt: „Ab heute zählen meine Tore nur noch einfach!“ Die Mädchen klatschen Beifall und klopfen Lola auf die Schulter.

1. Schreibe alle Verben in der Grundform, der Gegenwart und in der 1. und 2. Vergangenheit auf.
   sein: sie ist, sie war, sie ist gewesen
2. Bei welchen Verben ändert sich der Wortstamm? Kreise ein.
3. Viele Verben fordern eine Satzergänzung. Trage in eine Tabelle ein. Vergleiche mit einem Partner.

Wen oder was?	Wem?
finden	...

finden verzeihen anbieten drehen
erklären halten kennen begegnen antworten
schützen danken zuhören schenken

4. Welche Verben passen in beide Spalten der Tabelle? Tauscht euch aus.

Personen beschreiben

Nase:	Junge
Geschlecht:	ungefähr 1,40 m
Größe:	sportlich, schlank
Mund:	kurz, blond
Kleidung:	oval, leicht gebräunt, rosige Wangen
Augen:	groß, blau
Gestalt:	lang, gerade
Gesicht:	klein, schmal
Haare:	kurzärmeliges, blauweiß gestreiftes T-Shirt, blaue, lange Jeans, weiße Sportschuhe
besondere Kennzeichen:	Sommersprossen im Gesicht, Zahnspange

1. Mit welchen Merkmalen wird der Junge beschrieben?
2. Überlegt euch eine sinnvolle Reihenfolge der Merkmale.
3. Personen sehen verschieden aus. Findet in der Gruppe weitere Begriffe zu den einzelnen Merkmalen.

Augen:
klein, groß,
mandelförmig,
blau, ...

Nase:
Stupsnase,
Hakennase,
breit, platt, ...

Gestalt:
sportlich,
schlank,
kräftig, ...

Gesicht:

Mund:

Haare:

4. Beschreibe einen Mitschüler oder eine Mitschülerin. Notiere zuerst Stichwörter zu den Merkmalen. Fertige dann eine genaue Personenbeschreibung mithilfe der Stichwörter an.
5. Führt mit euren Personenbeschreibungen ein Ratespiel durch.

Personenbeschreibung

In einer Personenbeschreibung wird eine Person sachlich und anschaulich in der Gegenwart beschrieben. Dabei wird die Reihenfolge der Merkmale vom Allgemeinen zum Einzelnen und von Kopf bis Fuß eingehalten.

Eine Personenbeschreibung überarbeiten

Personenbeschreibung

Der Junge ist ungefähr 1,40 m groß, sportlich und schlank. Sein Gesicht ist oval und leicht gebräunt vom letzten Urlaub an der Ostsee. Seine Wangen sind rosig. Die Haare des Jungen sind blond und etwas zu kurz. Er hat große, blaue Augen und eine lange, gerade Nase und einen kleinen und schmalen Mund. Er hat ein kurzärmeliges, blauweiß gestreiftes T-Shirt an. Dazu hat er lange, blaue Jeans und weiße Sportschuhe an. Er hat eine Zahnspange an und viele lustige Sommersprossen im Gesicht.

1. So hat Amira den Jungen auf der Tafel beschrieben. Was fällt euch auf?
2. Amira stellt die Personenbeschreibung in der Schreibkonferenz vor. Sprecht über die Tipps der anderen Kinder.

☺ Du beschreibst den Jungen genau.
☹ Der Hinweis auf den Urlaub an der Ostsee ist nicht sachlich.
Tipp Persönliche Informationen gehören nicht in eine Personenbeschreibung.

☺ Du schreibst immer in der Gegenwartsform.
☹ Du verwendest oft das Verb „anhaben".
Tipp Finde weitere Verben für „anhaben".

☺ Man kann sich den Jungen gut vorstellen.
☹ Deine Meinung über die Haarlänge und die Sommersprossen ist nicht sachlich.
Tipp Vermeide es, deine Meinung zu schreiben.

3. Welche Tipps könnt ihr Amira noch geben? Tauscht euch aus.
4. Stelle die Personenbeschreibung, die du angefertigt hast, in der Schreibkonferenz vor und überarbeite sie.

Was habe ich gelernt – 5

Wörtliche Rede (Seite 55 – 57)

1. Schreibe die wörtlichen Reden mit vorangestelltem Redebegleitsatz auf.

Wie heißt der Notruf der Feuerwehr?

Bei Rot müsst ihr stehen bleiben!

Ich lege dir jetzt einen Verband an.

der Polizist belehrt die Ärztin erklärt der Feuerwehrmann fragt

2. Schreibe das Gespräch mit nachgestelltem Redebegleitsatz auf.

Lisa erkundigt sich bei Mia: „Wo warst du in den Ferien?“
Mia antwortet: „Wir waren zwei Wochen am Bodensee. Es war toll!“
Lisa fragt: „Seid ihr auch mit dem Schiff gefahren?“
Mia nickt: „Wir sind mit dem Schiff gefahren und haben eine Adlerwarte besucht.“

3. Schreibe den Text ab und setze die fehlenden Satzzeichen und die Anführungszeichen.

Der Adler und der Sperling

Ein Adler prahlte (?) Wer kann höher fliegen als ich (?) Ich kann höher fliegen als du (?) antwortete ein Sperling (?) Der Sperling hüpfte unbemerkt auf den Rücken des Adlers und beide erhoben sich in die Luft (?) Der Adler fragte (?) Sperling, wo bist du (?) Hier, ich bin über dir (?) rief der Sperling (?) Der Adler wunderte sich (?) Wie kann das sein (?) Unterschätze niemals die Kleinen (?) lächelte der Sperling (?)

Satzergänzung: Wen oder was? und Satzergänzung: Wem? (Seite 58, 59)

4. Schreibe die Sätze ab und unterstreiche die Satzergänzung: Wen oder was? rot, die Satzergänzung: Wem? orange.

Die Lehrerin erklärt dem Schüler die Rechenaufgabe.
Nach dem Unfall legt die Ärztin dem Patienten einen Verband an.
Edon gibt dem Hund eine Belohnung.
Zum Geburtstag schenkt Mia ihrer Freundin ein Buch.

5. Bilde Sätze und unterstreiche die Satzergänzung: Wen oder was? rot, die Satzergänzung: Wem? orange.

Ilja
eine Nachricht
die Freundin
schreiben

der Hausmeister
die Lehrerin
der Schlüssel
aushändigen

die Verkäuferin
die Kundin
das Rückgeld
geben

Wörter mit z oder tz, k oder ck (Seite 60)

6. Schreibe den Text ab und ergänze z oder tz, k oder ck.

Am Lagerfeuer

Die Pfadfinder si?en um das Feuer. Sie ste?en Würstchen auf angespi?te Stö?e und bru?eln sie in der Hi?e. Sie drehen die Stö?e, damit die Würstchen nicht schwar? werden. So schme?en sie le?er. Als es dun?el wird, kriechen sie müde in ihre Schlafsä?e.

Eine Person beschreiben (Seite 62, 63)

7. Wähle ein Bild aus und beschreibe die Person genau.
8. Stelle deine Personenbeschreibung in der Schreibkonferenz vor und überarbeite sie.

Lerntagebuch

- Schreibe in dein Lerntagebuch, was du gelernt hast.
- Beurteile, wie gut du die Aufgaben kannst. Male ☺ 😐 ☹.
- Was möchtest du noch üben?

Was habe ich gelernt?

- Ich setze die Satzzeichen (Doppelpunkt oder Komma) beim Redebegleitsatz und die Redezeichen bei der wörtlichen Rede richtig.
- Ich kann die Wem-Ergänzung und die Wen- oder Was-Ergänzung bestimmen und bilden.
- Ich schreibe Wörter mit z oder tz, k oder ck richtig.
- Ich kann eine Person genau und in der richtigen Reihenfolge beschreiben.

Das möchte ich noch bis ... üben:

Arbeit und Beruf – Das will ich werden

Hallo, ich heiße **Luna**.
Ich wohne in Berlin. Nach der Schule spiele ich Gitarre in der Schulband. Später möchte ich einmal Erzieherin werden.

Olá, meu nome é **Marco**.
[ola, me-u nome e Marco]
Ich wohne in Rio de Janeiro / Brasilien. Manchmal durchsuche ich morgens die Mülltonnen nach Essensresten. Nachmittags putze ich die Windschutzscheiben von Autos.
Mein Traum ist es, Fußballprofi zu werden.

Name:
Heimatland:
Alltag:
Sprache:
Berufswunsch:

1. Hier stellen Kinder aus verschiedenen Kontinenten ihre Berufswünsche vor. Lies die Beiträge der Kinder.
2. Ich: Was erzählen die Kinder über sich? Schreibe zu jedem Kind einen Steckbrief.
   Du: Vergleicht eure Notizen. Sucht das Heimatland der Kinder auf dem Globus, einer Weltkarte oder im Internet (siehe Seite 154/155).
   Wir: Stellt eure Ergebnisse in der Klasse vor und sprecht darüber.

Hujambo, jina langu ni **Maabade**.
[hudschambo, dschina langu ni Maabade]
Ich wohne in der Nähe von Mombasa / Kenia. Nach der Schule helfe ich meinem Vater in der Küche. Er ist Koch in einem Hotel. Später werde ich auch als Koch arbeiten.

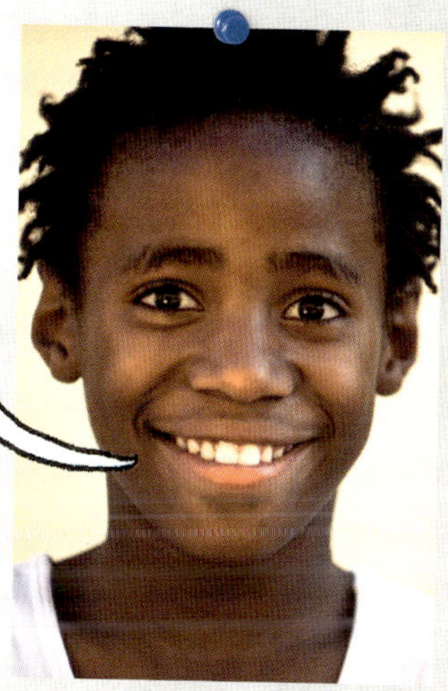

こんにちは、ゆきです。
[konnichiwa, **Yuki** desu]
Ich wohne in Tokio / Japan. Nach der Schule erhalte ich Zusatzunterricht, weil ich das beste Gymnasium der Stadt besuchen möchte. Später werde ich Rechtswissenschaften studieren und eine erfolgreiche Anwältin sein.

3. Wie sieht dein Alltag aus? Was ist dein Berufswunsch? Notiere Stichwörter.
4. Vergleicht euer Leben und eure Berufswünsche mit dem Alltag und den Wünschen der Kinder aus anderen Ländern.
5. Vergleicht die Sprachen der vier Kinder. Was fällt euch auf?
6. Wie begrüßt ihr euch in eurer Mundart?
7. Kennt ihr Begrüßungen in weiteren Sprachen? Recherchiert im Internet.

Zukunft

Luna erzählt von ihren Zukunftsplänen.

> *„Ich **werde** auf einem Bauernhof mit vielen Tieren **leben**.*
> *Dort **werde** ich als Erzieherin arme Kinder **betreuen**.*
> *Gemeinsam **werden** wir die Tiere **füttern**.*
> *Im Herbst **werden** wir Äpfel und Kartoffeln **ernten**.*
> *Wir **werden** zusammen viel Spaß **haben**."*

1. Seht euch die markierten Verben an. Was fällt euch auf?
2. Schreibe die Verben ab und setze sie in die Gegenwart:
   ich werde leben – ich lebe
3. Schreibe Marcos Zukunftspläne mit Verben in der Zukunft ab.
   „Ich werde in eine Fußballschule ..."

> *„Ich ? in eine Fußballschule ?.*
> *Ein berühmter Fußballtrainer ? mich ?.*
> *Als Fußballprofi ? ich viel Geld ?.*
> *Meine Familie ? in einem großen Haus ?.*
> *Wir ? in viele ferne Länder ?."*

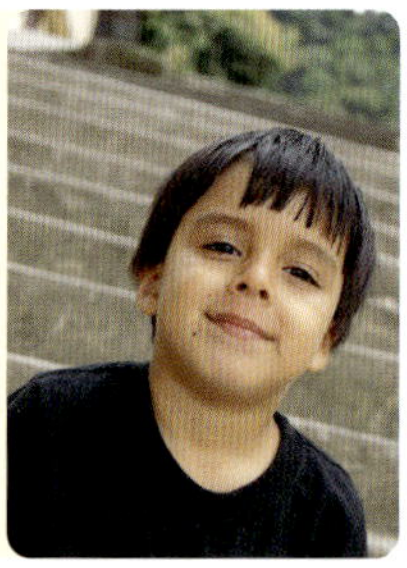

gehen   entdecken   verdienen
wohnen   reisen

Zukunft

Zukunft ist die Zeit, die vor uns liegt. Wir bilden die Zeitform Zukunft mit einer Personalform von werden und der Grundform des Verbs:

ich werde spielen
du wirst gehen

4. Schreibe Yukis Pläne ab und setze die Verben in die Zukunft. Vergleiche die Ergebnisse mit deinem Partner.

> *„Ich schließe mein Studium als Beste ab.*
> *In einer großen Firma erhalte ich eine Spitzenposition.*
> *Ich heirate einen erfolgreichen Mann.*
> *Wir wohnen in einer großen Eigentumswohnung in Tokio.*
> *Am Fujiyama kaufen wir uns ein Wochenendhaus."*

5. Erzähle in der Gruppe, wie du dir deine Zukunft vorstellst. Benutze die Zeitform Zukunft.

Zweiteiliges Prädikat

„Ich möchte wie mein Vater Koch werden.
In der Schule will ich noch viel lernen.
Dann fange ich eine Lehre in einem Restaurant an.
Meinen Lohn werde ich sparen.
Später mache ich mit meinem Vater zusammen ein Restaurant auf.“

1. Bestimme mit einem Partner das Prädikat und das Subjekt in den Sätzen. Was fällt euch auf?
2. Schreibe den Text ab. Kreise das Prädikat grün ein und unterstreiche das Subjekt gelb.
3. Bilde Sätze mit zweiteiligen Prädikaten. Verwende jeweils ein Hilfsverb und ein Verb in der Grundform.

wollen	früh schlafen
müssen	in die Schule gehen
dürfen	Geschirr abwaschen
können	ins Kino gehen
sollen	Fahrrad fahren

4. Maabades Freund lebt mit seinem Stamm in der Savanne. Schreibe den Text ab und setze passende zweiteilige Prädikate ein.

„Ich bin Hirte. Ich ? Ziegen und Schafe ?.
Die Tiere ? zu den Wasserlöchern ?.
Mit 18 Jahren ? ich Krieger ?.
Dann ? ich meine Familie vor Raubtieren und Überfällen ?.
Wenn die Tiere kein Gras mehr finden, ? ich neues Weideland ?.“

müssen beschützen sollen auskundschaften
können werden müssen hüten
sollen treiben

Zweiteiliges Prädikat

Ein Prädikat kann aus zwei Teilen bestehen:
*Ich **kaufe** Lebensmittel **ein**.*
*Ich **werde** als Koch **arbeiten**.*

Wörter mit ß

Wörter mit ß müssen wir uns gut merken.

1. Ich: Betrachte die Wörter. Was fällt dir auf?
   Du: Kurz oder lang? Wie klingen die Laute vor s, ss und ß?
   Wir: Könnt ihr eine Regel aufstellen, wann man ß verwendet?
2. Welche weiteren Wörter mit ß kennt ihr? Schreibt auf.
3. s oder ß? Schreibe die Wörter auf und vergleiche anschließend mit einem Partner.

Gla?	Spa?	Gru?	Prei?
Flo?	Lo?	Krei?	Strau?
Flei?	Ma?	Fuch?	Spie?
Mai?	Glei?	Gefä?	Kreb?

4. Bilde zusammengesetzte Nomen.
   gießen – Kanne: Gießkanne

gießen	grüßen
fleißig	reißen
stoßen	süß
schließen	schweißen

Gerät	Kanne
Karte	Stange
Waren	Arbeit
Verschluss	Fach

Wortarten üben: Verben

Besuch auf der Rettungswache

Die Klasse 4 c besucht mit ihrer Lehrerin eine Rettungswache. Deshalb sammeln die Kinder Fragen zum Beruf Notfallsanitäter. Nach der Begrüßung führt die Sanitäterin die Klasse herum. Im Büro wartet der Wachleiter auf eingehende Notrufe. Die Sanitäterin zeigt den Kindern auch den Rettungswagen. Sie schließt die Tür auf und zeigt den Kindern den Innenraum des Fahrzeugs. Draußen auf dem Hof stellen die Kinder ihre Fragen. Anschließend bedanken sich alle bei der Sanitäterin und winken ihr zum Abschied zu.

1. Schreibe die Verben in der Grundform, der Gegenwart, in der 1. und 2. Vergangenheit und in der Zukunft auf.
   besuchen: sie besucht, sie besuchte, sie hat besucht, sie wird besuchen

2. Welche Zeitform ist die passende?
   Schreibe Sätze mit Verben in der Gegenwart, in der 1. Vergangenheit oder in der Zukunft.

Die Klasse ? begeistert.	sein
Der Rettungswagen ? allen ?.	gefallen
Samir ? Stichwörter ?.	sammeln
Nächste Woche ? er einen Vortrag ?.	halten
Sanitäter ? viel Verantwortung.	haben

3. Übe den Text als Diktat (siehe Seite 148).

Die eigene Meinung begründen

Bei dem Besuch auf der Rettungswache hat Samir sich viele Notizen gemacht.

<u>Beruf: Notfallsanitäter</u>

- *fährt mit Rettungswagen zum Einsatzort*
- *muss Blut und Verletzte sehen können*
- *leistet Erste Hilfe, bis der Notarzt kommt*
- *begleitet Patienten bis ins Krankenhaus*
- *kontrolliert Fahrzeug*
- *besondere Einsatzgebiete: Luft, Berge, Höhlen, Wasser*
- *Dienst: rund um die Uhr und am Wochenende, Bereitschaftsdienst*
- *muss fit sein: Kranke tragen, Wiederbelebung durchführen*

1. Samir und Max sprechen über den Beruf Notfallsanitäter. Samir nennt Gründe dafür, Max nennt Gründe dagegen. Führe mit einem Partner das Gespräch fort.

Die eigene Meinung begründen

- Was ist deine Meinung?
- Sammle Gründe und Beispiele, die dafür und die dagegen sprechen.
- Ordne die Gründe.
- Formuliere deine Meinung und begründe. Berücksichtige auch die Gründe, die dagegen sprechen.

2. Was ist dein Traumberuf? Sammle Gründe für diesen Beruf und schreibe sie stichwortartig in eine Tabelle. Schreibe auch auf, was dagegen spricht.

dafür	dagegen
…	…

3. Stellt eure Traumberufe in der Gruppe vor.

Die Schüler der Klasse 4 c gestalten Plakate über ihre Traumberufe. Samir hat aufgeschrieben, warum er Notfallsanitäter werden möchte.

Notfallsanitäter

Später möchte ich einmal Notfallsanitäter werden, weil ich Menschen helfen möchte. Wenn ein Unfall passiert ist, trifft zuerst der Notfallsanitäter mit dem Rettungswagen am Unfallort ein. Dort kümmert er sich um die Verletzten, bis der Notarzt kommt. Auf der Fahrt ins Krankenhaus kümmert er sich um den Verletzten und beruhigt ihn. Es macht mir nichts aus, Blut zu sehen. Weil Unfälle immer passieren können, bin ich auch bereit, nachts und an Wochenenden Bereitschaftsdienst zu übernehmen. Ich finde es außerdem interessant, das Fahrzeug und die technischen Geräte zu kontrollieren.

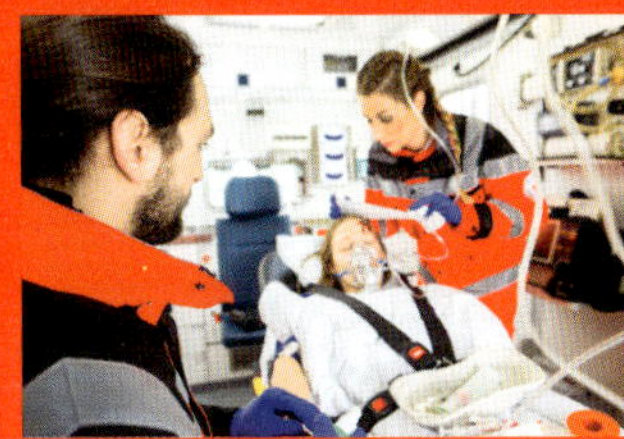

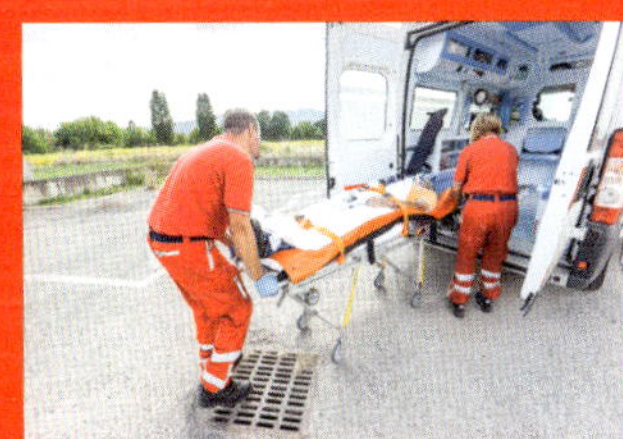

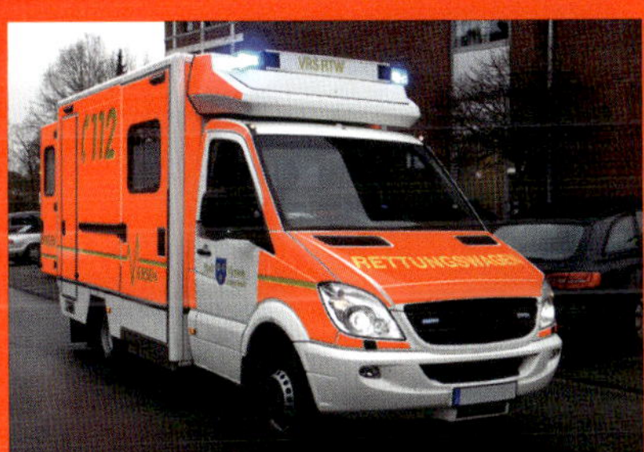

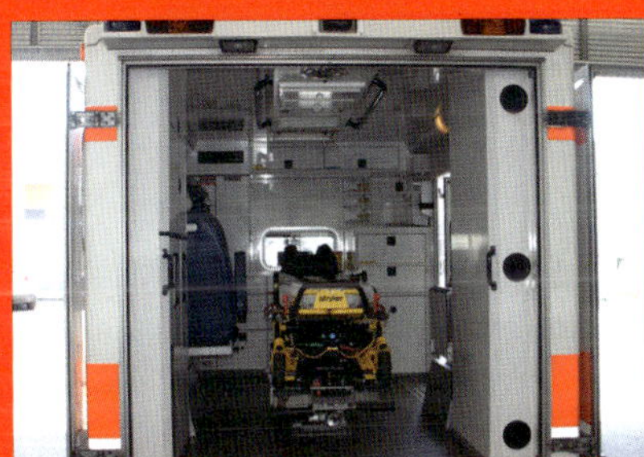

Notruf
112

4. Wie hat Samir sein Plakat gestaltet? Sprecht über:
   - Schriftart / Schriftgröße / Schriftfarbe
   - Fotos / Bilder

5. Lies den Text. Was gefällt Samir an seinem Traumberuf?

6. Schreibe einen Text über deinen Traumberuf. Die Stichwörter, die du bereits gesammelt hast, helfen dir dabei.

7. Stelle deinen Text in der Schreibkonferenz vor und überarbeite deinen Text.

8. Gestalte ein Plakat über deinen Traumberuf.

Was habe ich gelernt? – 6

Zukunft (Seite 68)

1. Bilde mit den Wörtern Sätze in der Zukunft.

ich – lange schlafen	du – ins Kino gehen
er – Lieblingsbuch lesen	wir – Fahrradtour machen
ihr – zum Essen gehen	sie – eine Wanderung unternehmen

2. Schreibe sinnvolle Sätze. Überlege bei jedem Satz, ob du die 1. Vergangenheit oder Zukunft verwenden musst.

zu seinem letzten Geburtstag | Juri | ein neues Fahrrad | bekommen

übermorgen | die Klasse 4c | den Verkehrsübungsplatz | besuchen

im nächsten Monat | die Kinder | die Radfahrprüfung | ablegen

vor 70 Jahren | wenige Kinder | ein eigenes Fahrrad | besitzen

3. Schreibe die Sätze ab und ergänze sie mit passenden Verben in der Gegenwart, in der 1. Vergangenheit oder in der Zukunft.

Nächste Woche ? wir einen Ausflug ?.	besuchen
Letztes Jahr ? wir Burg Falkenstein.	regnen
Vor 100 Jahren ? nur wenige Leute Urlaub.	unternehmen
Heute ? es den ganzen Tag.	machen
Wie ? das Wetter morgen ??	klingeln
Gerade ? es an der Tür.	werden

Zweiteilige Prädikate (Seite 69)

4. Bilde Sätze in der er-Form und unterstreiche die Teile des Prädikats.

den Brief einwerfen | die Tasche hereintragen | das Buch aufschlagen

den Computer herunterfahren | das Licht ausmachen | den Freund anrufen

wollen: die Jacke ausziehen | ein Gedicht vortragen | das Zelt aufstellen

dürfen: lange aufbleiben | Fußball spielen | ein Eis essen

5. Schreibe den Text ab und unterstreiche die Prädikate.

Aysuns Traumberuf

Aysun möchte einmal Ärztin wie ihre Mutter werden. Einmal durfte sie die Mutter ins Krankenhaus begleiten. Die Mutter zeigte ihr die Instrumente und Aysun durfte den weißen Arztkittel anziehen. Zum Schluss fotografierte die Mutter Aysun im weißen Kittel.

Wörter mit ß (Seite 70)

6. Schreibe zuerst eine zweisilbige Form auf und entscheide: s oder ß.

Hau?	Gru?	Spa?	hei?	Gla?	Fu?	Strau?	Lo?
gro?	er lö?t	er hei?t	sü?	Gra?	Flo?	Glei?	Klo?

Die eigene Meinung begründen (Seite 72, 73)

7. Schreibe einen Text: Mein Lieblingshobby
   Was ist deine Meinung? Welche Gründe gibt es dafür und dagegen?

8. Stelle einem Partner deinen Text vor und überarbeite ihn.

Üben mit Wortkarten (Seite 150)

9. Übe schwierige Wörter. Schreibe Sie auf Karteikarten.

Lerntagebuch

- Schreibe in dein Lerntagebuch, was du gelernt hast.
- Beurteile, wie gut du die Aufgaben kannst. Male ☺ 😐 ☹.
- Was möchtest du noch üben?

Was habe ich gelernt?

- Ich kann die Zeitform Zukunft bilden.
- Ich kann zweiteilige Prädikate erkennen.
- Ich schreibe Wörter mit ß richtig.
- Ich kann meine Meinung begründen.

Das möchte ich noch bis ... üben:

Entdecker verändern die Welt

Kindersuchmaschine

Entdecker, Entdeckerinnen | Suchen

Startseite | News | Wissen | Spiele

Jane Goodall – Ein Leben für Schimpansen

Jahrzehntelang erforschte Jane Goodall das Leben der Schimpansen im Urwald. Die Verhaltensforscherin lebte mit den Tieren zusammen. Sie entdeckte, dass die Schimpansen Werkzeuge benutzen und in sozialen Verbänden leben.

Howard Carter entdeckt das Grab des Tutanchamun

Nach jahrelanger Suche entdeckte Howard Carter im Jahr 1922 das Grab des ägyptischen Pharaos Tutanchamun. In der Vorkammer fand er zahlreiche und kostbare Grabbeigaben. In der Grabkammer entdeckte er den Sarkophag Tutanchamuns.

Marie Curie – Entdeckerin der radioaktiven Strahlung

Marie Curie und ihr Mann Pierre entdeckten nach intensiver Forschung die radioaktiven Elemente Radium und Polonium. Gleich zweimal erhielt Marie Curie den Nobelpreis. Als erste Frau hielt sie Vorlesungen an der Pariser Universität Sorbonne.

1. Ich: Betrachte die Fotos und lies die Texte. Was haben die Personen entdeckt?
   Du: Tausche dich mit einem Partner aus.
   Wir: Besprecht in der Klasse eure Ergebnisse.
2. Kennst du noch andere Entdeckerinnen und Entdecker?

Sich im Internet informieren

Wenn du dich im Internet informieren willst, nutze immer eine Suchmaschine für Kinder und Jugendliche (Seite 154/155).

1. Welche Kindersuchmaschinen kennt ihr?
2. Informiert euch in der Gruppe über Jane Goodall.
   Fertigt einen Steckbrief an. So geht ihr vor:
   - Wählt eine Kindersuchmaschine aus.
   - Schreibt in das Suchfeld den Namen und ein Stichwort. Achtet auf die richtige Schreibweise.

Jane Goodall

geboren: …
Kindheit: …
…
…

   - Lest die Überschriften und den Text, der unter eurem Suchergebnis steht.

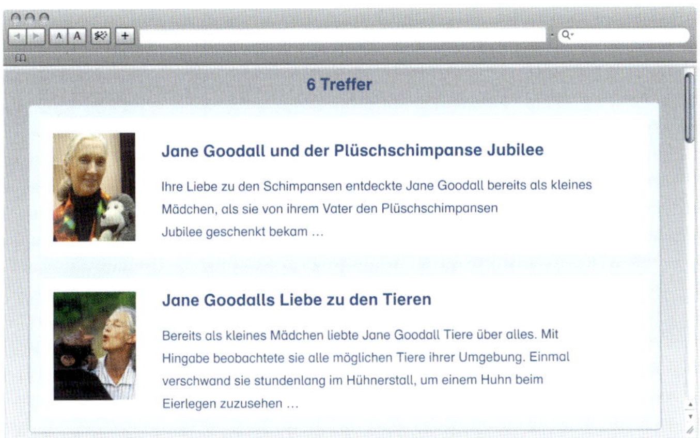

   - Wählt eine Überschrift aus und klickt auf den Link. Lest den Artikel durch und notiert wichtige Informationen.
   - Schaut auch die Überschriften und Texte an, die weiter unten stehen.
3. Stellt euren Steckbrief in der Klasse vor.
4. Tauscht euch in der Klasse über eure Arbeit mit der Suchmaschine aus.
5. Informiert euch in der Gruppe auch über Howard Carter und Marie Curie. Notiert Fragen.
6. Wer findet als Erster die gesuchte Information im Internet? Stellt den anderen Gruppen eure Fragen.

Die vier Fälle

Die vier Fälle

Nomen können in vier Fällen stehen.

Der 1. Fall antwortet auf die Frage „Wer oder was …?“

Der 2. Fall antwortet auf die Frage „Wessen …?“

Der 3. Fall antwortet auf die Frage „Wem …?“

Der 4. Fall antwortet auf die Frage „Wen oder was …?“

Der Schimpanse

… lebt im tropischen Regenwald.
Wer oder was …?

Die Arme … sind länger als seine Beine.
Wessen …?

Termiten und andere Insekten schmecken … gut.
Wem …?

Leoparden greifen … an.
Wen oder was …?

1. Lest die Fragen und ergänzt die Sätze. Was fällt euch auf?
2. Schreibe die Sätze richtig auf. Was ändert sich an den eingesetzten Wörtern? Unterstreiche und vergleiche mit einem Partner.
3. Frage nach dem Nomen und ergänze die Sätze. Vergleiche mit einem Partner.

Der Termitenhügel interessiert ?.
Das Stöckchen dient ? als Zahnstocher.
Das Ohr ? juckt. Er kratzt sich mit einem Stöckchen.
? wischt sich mit dem Blatt den Mund ab.

der Schimpanse	des Schimpansen
dem Schimpansen	den Schimpansen

4. Jane Goodall machte die bahnbrechende Entdeckung, dass Schimpansen Werkzeuge benutzen.
   - Zu welchem Zweck verwenden die Schimpansen diese Werkzeuge?
   - An welche Alltagsgeräte erinnern euch die Werkzeuge?

5. Jane Goodall berichtet von ihren Begegnungen mit anderen Tieren.
Schreibe die Texte ab und ergänze die Sätze mit den Nomen im richtigen Fall.

Begegnung mit einer Wasserkobra

Ich begegnete ? an einem See.
? hatte schwarze Streifen im Nacken.
Ein Biss ? ist tödlich.
Eine Welle trug ? glücklicherweise fort.

die Schlange — der Schlange
der Schlange — die Schlange

Begegnung mit einem Nashorn

Ich entdeckte ? zwischen Dornbüschen.
Die kleinen Augen ? funkelten böse.
? schnaubte und wühlte den Boden auf.
Vorsichtig wich ich ? aus.

das Nashorn — des Nashorns
dem Nashorn — das Nashorn

6. In welchem Fall stehen die markierten Nomen?
Schreibe die Frage und die Antwort mit dem Fall dahinter:
Wen oder was liebte Jane Goodall als Kind sehr?
ihren Plüschaffen: 4. Fall

Als Kind liebte Jane Goodall ihren Plüschaffen sehr.
Später hat sie einem Schimpansen in Gefangenschaft die Zeichensprache beigebracht.
Die Zerstörung der Umwelt bedroht wild lebende Schimpansen.
Deshalb setzt sich die Forscherin für den Schutz der Schimpansen ein.

7. Vergleiche mit einem Partner.

Ableiten: a – ä, au – äu

In der Vorkammer

Andächtig betrat Carter die Räume der Begräbnisstätte. In der Vorkammer erblickte er drei prächtige, vergoldete Betten, auf denen sich Dutzende von Gegenständen stapelten. Daneben standen ein glänzender Thron und zahlreiche Behälter. Zwei Wächterstatuen hielten lange Stäbe in ihren Händen. In einer Ecke lagen einige Räder auf einem Haufen. Wahrscheinlich waren kurz nach Tutanchamuns Tod Grabräuber eingedrungen und gestört worden.

1. Finde zu jedem markierten Wort im Text ein verwandtes Wort mit a oder au. Schreibe so:
   andächtig – Andacht

Ableiten
a – ä, au – äu

Wörter mit den Umlauten ä oder äu stammen von Wörtern mit dem Vokal a oder dem Zwielaut au ab. Das können wir durch Ableiten überprüfen:
Äste – Ast
Räuber – rauben
Für *Käfer, Märchen, Käfig* gibt es keine Ableitung.

2. Schreibe den folgenden Text ab und setze e oder ä, eu oder äu ein. Vergleiche mit einem Partner.

In der Grabkammer

N?gierig zw?ngte sich Carter durch die freigel?gte Tür in die Grabkammer. Malereien bed?ckten die W?nde, kostbare Sch?tze umgaben den steinernen Sarkophag. In diesem befanden sich zwei S?rge. Im letzten Sarg lag die Mumie Tutanchamuns. Zum Glück waren die Grabr?ber nicht bis hierher vorgedrungen.

3. Was hat Carter in der Grabkammer gefunden? Tauscht euch aus.

Wortarten üben: Nomen

Das Geheimnis um Tutanchamun

Über 3000 Jahre kannte niemand den Namen Tutanchamun. Es existierte lediglich ein goldener Ring mit Schriftzeichen, die auf ihn hinwiesen.

Der Kindkönig bestieg mit neun Jahren den Thron und regierte nur zehn Jahre. Danach wurde sein Name von der Pharaonenliste gestrichen.

Die Entdeckung der Grabkammer mit den wertvollen Wandmalereien war eine Weltsensation. In einem Steinsarg entdeckte Carter eine Mumie.

Die Goldmaske des Pharaos hat auch den Schatzsucher Carter berühmt gemacht.

Totenmaske

Ring

1. Schreibe alle Nomen mit dem bestimmten Artikel in der Einzahl und in der Mehrzahl auf:
   das Geheimnis – die Geheimnisse
2. Untersuche die zusammengesetzten Nomen. Aus welchen Wortarten wurden sie gebildet? Schreibe so:
   das Schriftzeichen: die Schrift (N), das Zeichen (N)

Nomen = N
Verb = V
Adjektiv = A

3. In welchem Fall stehen die markierten Nomen? Schreibe die Frage und die Antwort mit dem Fall dahinter:
   Wen oder was entdeckte Carter?
   das Grab Tutanchamuns: 4. Fall

Carter entdeckte das Grab Tutanchamuns.
Zwei Wächterstatuen standen in der Vorkammer.
Dem Entdecker gelang ein Sensationsfund.
Die Goldmaske des Pharaos ist weltberühmt.

4. Frage nach dem Nomen und ergänze die Sätze. Vergleiche mit einem Partner.

Ägypten ist das Land (die Pyramiden).
Die Bauwerke dienten (die Könige) als Grabkammern.
Oft sind (die Grabkammern) leer.
Die Schätze wurden von (die Grabräuber) gestohlen.

Eine Abenteuergeschichte schreiben

Warum haben sich die Kinder entfernt?

Was haben die Kinder entdeckt?

1. Betrachtet die Bilder.
   Wie könnte die Geschichte weitergehen? Erzählt.
2. Plane deine Geschichte mit W-Fragen (siehe Seite 12).
   Schreibe einen Stichwortzettel:
   - Wie heißen die Kinder?
   - Was könnten die Kinder entdecken?
   - Was passiert zwischen den Bildern?
3. Stellt in der Gruppe eure Ideen vor und sprecht darüber.
4. Finde eine passende Überschrift und schreibe deine Geschichte auf.

Schreibe in der 1. Vergangenheit.	Verwende treffende Adjektive und Verben.
Beschreibe Gedanken und Gefühle.	Verwende wörtliche Rede.

5. Stelle deine Geschichte in der Schreibkonferenz vor und überarbeite sie.

Einen Text überarbeiten – Wortfeld fahren

Diese Geschichte hat Carla geschrieben:

Auf Safari

Herr Sommer und seine beiden Kinder Jonas und Marie machten in Afrika Urlaub. Eines Morgens fuhr Herr Sommer mit seinen Kindern im Jeep in den Nationalpark. Jonas und Marie staunten über die Landschaft. Das Fahrzeug fuhr über staubige Pisten Richtung Kilimandscharo. Herr Sommer fuhr das Fahrzeug zu einer Wasserstelle, um wilde Tiere zu beobachten. Nach einer Weile sahen sie eine Zebraherde und Herr Sommer fuhr langsamer. Langsam fuhr er an den grasenden Tieren vorbei. Plötzlich näherte sich von der Seite ein schnaubendes Nashorn. Rasch drückte er aufs Gaspedal. Der Jeep fuhr nach vorne und sie fuhren davon. Das wütende Nashorn galoppierte noch ein Stück hinterher, blieb aber dann zurück. Gegen Abend fuhren sie müde zu ihrem Hotel zurück. Das war ein erlebnisreicher Tag!

1. Schreibe den Text ab und ersetze das Verb „fahren“ durch ein treffenderes Verb aus dem Wortfeld „fahren“.

donnern   das Tempo drosseln   aufbrechen
lenken   rumpeln   tuckern
schießen   rollen

2. Sammle weitere Verben zum Wortfeld „fahren“. Vergleiche mit einem Partner.

3. Welche Tipps würdet ihr Carla in einer Schreibkonferenz noch geben? Tauscht euch aus.

Was habe ich gelernt? – 7

Die vier Fälle (Seite 78, 79)

1. Bilde mit den Wörtern in den Klammern den 2. Fall und schreibe die Sätze auf.

Das Grab (der Pharao)

Die Pracht und der Glanz (der Schatz) waren unglaublich.
Dadurch wurde die Macht (der Pharao) deutlich.
Die Wände (die Grabkammer) waren reich bemalt.
Nach dem Tod (der König) erwartete ihn die Reise in die Unsterblichkeit.

2. Schreibe die Texte ab und ergänze mit den Nomen im richtigen Fall.

Der Hund

? ist ein Säugetier.
Der Wolf ist ein Vorfahre ?.
Viele Menschen sehen ? als ihren liebsten Begleiter an.
Sie schenken ? viel Zuneigung.

den Hund
der Hund
dem Hund
des Hundes

Das Känguru

? hat lange, kräftige Hinterbeine.
? schmecken Blätter und Gräser.
Die Farmer sehen ? als Nahrungskonkurrenten für ihre Schafe.
Im Beutel ? werden die Jungen ausgetragen.

dem Känguru
das Känguru
des Kängurus
das Känguru

3. Schreibe den Text ab und ergänze den Artikel die oder der.

Die Tulpe

Vor 400 Jahren war ? Tulpe eine seltene Blume in Europa.
Deshalb war die Zwiebel ? Tulpe sehr teuer.
Bald gelang es ? Tulpe, eine der bekanntesten Blumen zu werden.
Blumenfreunde schätzen ? Tulpe aufgrund ihrer Farbenpracht.

4. Bilde mit den Wörtern in den Klammern jeweils den richtigen Fall und schreibe den Text auf.

Marie Curies Forschungsarbeit

Marie forschte zusammen mit (ihr Mann). Sie hatten (ein alter Schuppen) zu einem Labor umgebaut. Gemeinsam suchten sie nach (ein Stoff), der radioaktiv ist. Nach intensiver Suche fanden sie (das Element), das sie Polonium nannten. Für diese Entdeckung erhielt das Ehepaar Curie (der Nobelpreis) für Physik. Auch die Tochter (das Ehepaar) wurde Physikerin.

Ableiten: a – ä, au – äu (Seite 80)

5. Finde zu jedem Wort ein verwandtes Wort mit a oder au.

Nächte Ärzte Bäcker Bänder Hände Säfte Länder
Wälder älter stärker Männer Wärme schädlich
Fläche ängstlich Äste Gelände quälen länger
geräumig bläulich Säugetier häuslich schäumen Geräusch
Läufer säuerlich äußerlich Verkäufer

Eine Geschichte schreiben (zu Seite 82, 83)

6. Betrachte die Bilder. Überlege, was das Mädchen entdecken könnte und notiere Stichwörter. Schreibe deine Geschichte auf.

7. Stelle deine Geschichte in der Schreibkonferenz vor und überarbeite sie.

Üben mit Wortkarten (Seite 150)

8. Übe schwierige Wörter. Schreibe sie auf Karteikarten.

Lerntagebuch

- Schreibe in dein Lerntagebuch, was du gelernt hast.
- Beurteile, wie gut du die Aufgaben kannst. Male ☺ 😐 ☹.
- Was möchtest du noch üben?

Was habe ich gelernt?

- Ich kann die vier Fälle bestimmen und bilden.
- Ich kann entscheiden, wann ich Wörter mit ä oder äu schreiben muss.
- Ich kenne Verben des Wortfelds „fahren" und kann sie treffend einsetzen.
- Ich kann eine Geschichte zu Bildern mit einem offenen Schluss schreiben.

Das möchte ich noch bis ... üben:

Fantastisches und Märchenhaftes – szenisches Spiel

Das tapfere Schneiderlein ist ein bekanntes Märchen der Brüder Grimm. Du kannst es im Märchenbuch oder im Internet finden.

1. Lies das Märchen.
2. Welche Szene wird in dem Bühnenbild dargestellt? Tausche dich mit einem Partner aus.

Das Einhorn | Das Versprechen des Königs | Das Wildschwein | Die Riesen im Wald | Die Hochzeit | Sieben Fliegen auf einen Streich

3. Betrachtet das Bühnenbild:
   - Welche Figuren spielen?
   - Was geschieht?
   - Welche List wendet der Schneider an?

Zwei Riesen (R 1; R 2) schlafen unter einem Baum und schnarchen. Der Schneider (S) sitzt auf einem Ast und bewirft den ersten Riesen mit Steinen. Der Riese wacht auf und stößt den zweiten Riesen an.

R 1: He, warum schlägst du mich?
Ich habe dir doch nichts getan!

R 2: Du träumst wohl. Ich habe dich nicht geschlagen!

Die Riesen legen sich wieder hin und schlafen ein. Der Schneider wirft einen Stein auf den zweiten Riesen. Der Riese wacht auf.

R 2: Was soll das? Warum wirfst du einen Stein auf mich?

R 1: Ich werfe doch keinen Stein auf dich!

R 2: Lass das! Ich will weiterschlafen!

Die Riesen schlafen wieder ein. Der Schneider wirft einen dicken Stein auf den ersten Riesen. Der Riese wacht auf.

R 1: Au! Das ist jetzt zu arg!
Das sollst du mir büßen!

Beide Riesen reißen Bäume aus und schlagen damit aufeinander ein, bis beide regungslos am Boden liegen. Der Schneider springt vom Ast und stellt sich neben die Riesen.

S: Die habe ich erledigt! Zum Glück haben sie meinen Baum nicht ausgerissen, sonst hätte ich wie ein Eichhörnchen auf einen anderen Baum springen müssen!

Der Schneider tritt ab.

4. Hier ist der Abschnitt „Die Riesen im Wald" für ein szenisches Spiel aufgeschrieben. Lest die Szene mit verteilten Rollen.
5. Übt die Szene. Achtet auf eure Stimme und Bewegungen. Ihr könnt die Szene auch als Film aufnehmen.
6. Spielt die Szene. Die Zuschauer geben Rückmeldung: Was war gut? Was könnten die Spieler besser machen?
7. Ihr könnt auch die weitere Handlung in Szenen umschreiben und das Märchen vorspielen. Plant gemeinsam:
   - Rollen
   - Kostüme
   - Bühnenbild und Requisiten
   - Geräusche und Musik

Stimme:
- laut und deutlich
- langsam und mit Pausen
- wichtige Wörter betonen

Gesicht und Bewegung:
- passender Gesichtsausdruck
- passende Bewegungen mit den Händen und dem Körper

Verben mit Vorsilben

Das Schneiderlein wollte sein Marmeladebrot aufessen. Der süße Geruch breitete sich im ganzen Zimmer aus und lockte Fliegen an, die sich scharenweise auf dem Brot niederließen. „Ei, wer hat euch eingeladen?“, sprach das Schneiderlein und jagte die ungebetenen Gäste fort. Die Fliegen ließen sich aber nicht verjagen. Da nahm der Schneider einen Lappen und schlug zu. Als er das Tuch wegzog, zählte er nicht weniger als sieben tote Fliegen. Er bewunderte seine Tapferkeit. Die ganze Stadt sollte von seiner Heldentat erfahren. „Ich will einen Gürtel anfertigen und ihn besticken: Sieben auf einen Streich!“

Vorsilben

Vorsilben verändern die Bedeutung von Wörtern.
Verben mit Vorsilben bilden oft zweiteilige Prädikate:
auslassen:
Sie <u>lässt</u> ein Wort <u>aus</u>.

1. Finde im Text die Verben mit Vorsilbe. Schreibe sie in der Grundform und in der er-Form auf. Schreibe so:
   aufessen – er isst auf
2. Vergleiche mit einem Partner. Was fällt euch auf?
3. Schreibe die Sätze mit passenden Vorsilben auf. Vergleiche mit einem Partner.

   Der Schneider ?ließ das Haus.
   Der König ?sprach dem Schneider seine Tochter.
   Der Schneider ?füllte drei Aufgaben.
   Der König ?gab dem Schneider das halbe Königreich.
   Der Schneider ?stieg den Thron.

4. Bilde mit Vorsilben Verben in der Grundform und in der er-Form. Vergleiche mit einem Partner.

   FAHREN KOMMEN GEHEN WERFEN SEHEN SAGEN

5. Bilde Verben mit passenden Vorsilben. Schreibe so:
   ein Gedicht aufsagen, ...

   sagen
   geben
   teilen

   Gedicht Kampf
   Geschenk Einladung
   Informationen Bonbons

Mehrfach zusammengesetzte Wörter

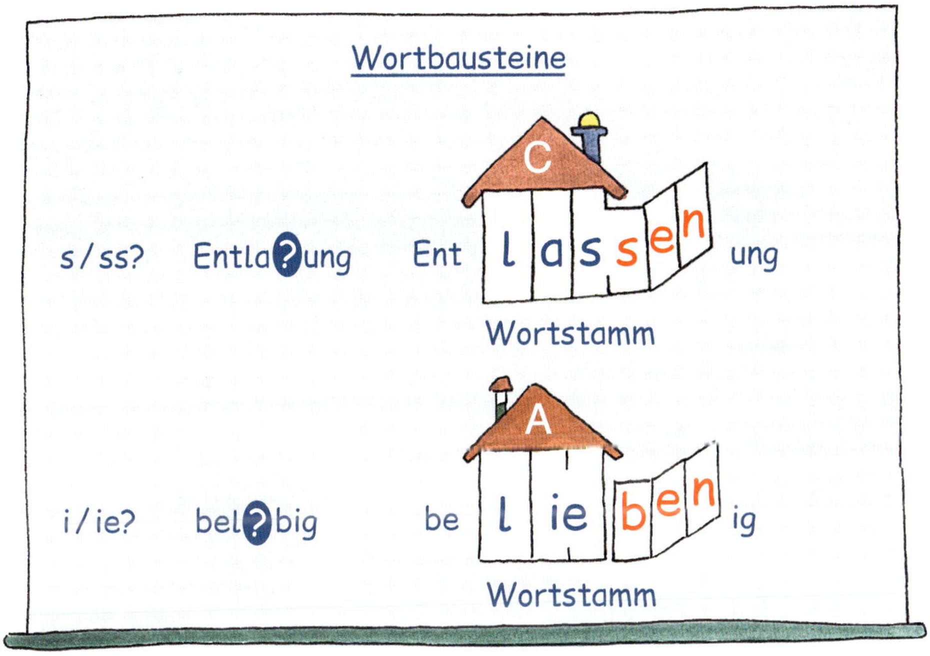

Entlassung schreibe ich mit ss, weil …

1. Wie werden die Wörter an der Tafel geschrieben? Beschreibt, wie Mira vorgeht.
2. Zerlege die Wörter in ihre Wortbausteine und bilde zweisilbige Wörter. Ergänze die fehlenden Buchstaben. Schreibe so: auf-fäll-ig – fallen

l/ll?	auffä?ig	i/ie?	Abb?gung	m/mm?	bekö?lich
i/ie?	abschl?ßbar	z/tz?	Verse?ung	g/k?	fürsor?lich
d/t?	unen?lich	k/ck?	Entde?ung	l/ll?	Erfü?ung

3. Finde im Text alle Wörter mit einer Vorsilbe oder einer Nachsilbe und zerlege sie in ihre Wortbausteine: be-rühm-t, …

Die Abenteuer des Barons von Münchhausen

Der Baron von Münchhausen ist als „Lügenbaron“ berühmt. Er war Offizier in der russischen Armee und erlebte viele Abenteuer. Zu Hause erzählte er unglaubliche Geschichten. Die Besucher hörten sich seine erfundenen Erlebnisse an. Bald waren Münchhausens Erzählungen so bekannt, dass sie mit großem Erfolg veröffentlicht wurden.

4. Vergleiche mit einem Partner.
5. Weitere Abenteuer des Barons von Münchhausen findet ihr in Büchern oder im Internet (Seite 154/155).

Das silbentrennende h

Der Baron von Münchhausen erzählte seinen Gästen oft Geschichten. Er wurde auch als „Lügenbaron“ bezeichnet. In Bodenwerder steht ein Denkmal, das an die folgende Geschichte erinnert.

Das halbe Pferd

Ich verfolgte einmal die Türken. Einer nach dem anderen ***floh*** *durch das hintere Stadttor. Da ließ ich mein Pferd am Marktbrunnen zurück. Ich* ***drehte*** *mich um und was* ***sah*** *ich? Ihr glaubt es nicht! Wirklich, das Hinterteil meines Pferdes war abgetrennt, das Wasser floss einfach hinten wieder heraus. Mein Reitknecht berichtete mir, was vorher* ***geschah****. Als ich durch das vordere Stadttor geritten war, fiel gerade das Schutzgatter herunter. Das Hinterteil wurde glatt abgeschlagen und trabte weg. Nun grast es neben einer* ***Kuh*** *auf einer Wiese! Der Reitknecht sagte: „****Geh*** *mit dem Vorderteil und dem Hinterteil zu einem Schmied. Dieser* ***näht*** *beide Hälften wieder zusammen.“ Das Pferd* ***ruhte*** *ein paar Tage, dann war die Wunde verheilt. Ich war wirklich* ***froh*** *darüber.*

1. Untersucht die markierten Wörter. Was fällt euch auf?
2. Schreibe die markierten Verben auf.
   Bilde eine zweisilbige Form und unterstreiche das h.
   Schreibe so:
   er floh, er flieht – fliehen
3. Vergleiche mit einem Partner.
4. Warum ist die zweisilbige Form nützlich, um das silbentrennende h zu erkennen?
5. Schreibe die Sätze ab und ersetze die Bilder durch das entsprechende Wort. Vergleiche mit einem Partner.

Münchhausen hat ein Loch in seinem .
Sein  friert.

Münchhausen will auf der Jagd ein  erlegen.

Silbentrennendes h

Das silbentrennende h trennt zwei Vokale, die zu verschiedenen Silben gehören.
Es bleibt in einsilbigen Formen erhalten.

blühen – es blüht
die Zehen – der Zeh
näher – nah

Wortarten üben: Nomen

Der Ritt auf der Kanonenkugel

Einmal musste ich während einer Schlacht eine feindliche Festung ausspähen. Wie konnte ich dorthin gelangen? Nichts leichter als das! Gerade schossen meine Kameraden eine Kanonenkugel auf die Festung ab. Ich schwang mich auf die Kugel und erkundete die gegnerischen Stellungen. Wie kam ich nun aber wieder zurück? Da flog zufällig eine Kugel auf unser Lager zu. Blitzschnell drehte ich mich um und wechselte auf diese Kugel. Da ich ein ausgezeichneter Reiter bin, war das für mich kein Problem. So kam ich gesund und munter wieder bei meinen Kameraden an.

1. Schreibe alle Nomen in der Einzahl und in der Mehrzahl mit dem bestimmten Artikel auf:
   der Ritt, die Ritte

2. Frage nach dem Nomen und ergänze die Sätze.
   Schreibe sie auf und vergleiche mit einem Partner.

   (Der Baron) lebte vor 200 Jahren.
   Er erzählte (die Freunde) oft Geschichten.
   Die Abenteuer (der Baron) waren aber erfunden.

3. Untersuche die zusammengesetzten Nomen.
   Was fällt euch auf? Tauscht euch aus.

   Frühstück Stehlampe Rehkitz
   Sehtest Rohkost Leihgabe

4. Übe den Text als Diktat (siehe Seite 148).

Texte planen – „Kopfkino“

Kopfkino

Man schließt die Augen und begibt sich auf eine Fantasiereise. Es entstehen Bilder, die wie ein Film im Kopf ablaufen.

Die Lehrerin lädt die Klasse 4c zu einer Fantasiereise ein: „Wir spielen Kopfkino. Schließt eure Augen. Stellt euch vor, ihr seid in eurem Zimmer und liegt auf dem Bett. Ihr lauscht den Geräuschen, die von der Straße in euer Zimmer dringen. Auf einmal hört ihr ein Geräusch. Da ist ein seltsames Wesen. Es ...“

Waldlichtung
Einhorn an Quelle
Räuber mit Seil
...

Schneegestöber
Yeti im Garten
Flucht vor dem Yeti
...

Oktopus
Korallenriff
Unterwasserhöhle
...

1. Was stellen sich die Kinder vor? Erzählt.
2. Spielt selbst Kopfkino. Welchen Fantasiewesen begegnet ihr?
3. Wie sieht dein Fantasiewesen aus? Erzähle deinem Partner.
4. Was erlebt dein Fantasiewesen? Notiere Stichwörter.
5. Erzähle einem Partner deine Geschichte mithilfe deiner Stichwörter.

Timo hat nach seiner Fantasiereise ein Leporello angefertigt.

1. Betrachtet Timos Bilder und lest den Text.
   Wie könnte die Geschichte weitergehen?

2. Schreibe deine eigene Geschichte auf.

3. Stelle deine Geschichte in der Schreibkonferenz vor und überarbeite sie.

4. Fertige selbst ein Leporello an. Male eine Bilderfolge und schreibe deine Geschichte passend dazu auf. Achte auf eine gut lesbare und saubere Schrift. Du kannst den Text auch mit dem Computer schreiben.

5. Stellt eure Leporellos in der Klasse aus.

Was habe ich gelernt? – 8

Vorsilben (Seite 88)

1. Bilde mit den Vorsilben neue Verben in der Grundform und in der er-Form.

weg-	be-	er-	laufen
vor-	ver-	um-	schreiben
ent-	ab-	aus-	kennen

2. Bilde mit den Vorsilben neue Nomen. Schreibe sie mit dem bestimmten Artikel auf.

weg-	be-	er-	Sicht	Fall
vor-	ver-	um-	Bau	Führung
ent-	ab-	aus-	Teil	Haltung

3. Finde im Text alle Verben mit einer Vorsilbe. Schreibe sie in der Grundform und in der er-Form in der Gegenwart auf.

Der Schlittenwolf

Als der Baron von Münchhausen nach Russland zog, kaufte er sich einen Schlitten und spannte sein Pferd davor. Das Pferd trabte gerade durch einen Wald, als es plötzlich seinen Kopf hochriss und losraste. Münchhausen blickte sich um und erkannte, dass ein Wolf den Schlitten verfolgte. Auf einmal sprang der Wolf über den Schlitten und verschlang das Hinterteil des Pferdes. Im Nu hatte er das ganze Pferd aufgefressen. Nun steckte der Wolf selbst im Geschirr. Als das seltsame Gespann die Stadt erreichte, wunderten sich die Leute sehr.

Mehrfach zusammengesetzte Wörter (Seite 89)

4. Finde mithilfe der drei Wortbausteine möglichst viele neue Wörter.

vor-	be-	last	leb	-bar	-nis
er-	ver-	wund	merk	-ung	-haft
auf-	un-	glaub	teil	-lich	-sam

5. Zerlege die Wörter in ihre Wortbausteine und bilde ein zweisilbiges Wort. Ergänze die fehlenden Buchstaben.

l / ll?	anfä?ig	i / ie?	Absch?bung	d / t?	befrem?lich
i / ie?	versch?bbar	z / tz?	Bese?ung	m / mm?	Vorko?nis
b / p?	unglau?lich	k / ck?	Abde?ung	l / ll?	Befü?ung

Das silbentrennende h (Seite 90)

6. Setze die Verben mit den Nomen zusammen. Schreibe die zusammengesetzten Nomen mit dem Artikel auf.

	Maschine		Stuhl		Stock
nähen	Garn	drehen	Scheibe	gehen	Weg
	Nadel		Bank		Hilfe

Texte planen – „Kopfkino“ (Seite 92, 93)

7. Lies den Beginn der Fantasiereise.

„Du machst Ferien bei deiner Oma. Am Abend gehst du in das ehemalige Kinderzimmer deiner Mutter. Da entdeckst du auf einer Kommode ein kleines Kästchen. Du legst dich auf das Bett und öffnest das Kästchen vorsichtig ...“

8. Spiele Kopfkino und schreibe Stichwörter auf.

9. Male Bilder und schreibe dazu deine Geschichte auf.

Üben mit Wortkarten (Seite 150)

10. Übe schwierige Wörter. Schreibe sie auf Karteikarten.

Lerntagebuch

- Schreibe in dein Lerntagebuch, was du gelernt hast.
- Beurteile, wie gut du die Aufgaben kannst. Male ☺ 😐 ☹.
- Was möchtest du noch üben?

Was habe ich gelernt?

- Ich kann mithilfe von Vorsilben neue Wörter bilden.
- Ich erkenne zweiteilige Prädikate, die aus einer Personalform und einer abgetrennten Vorsilbe bestehen.
- Ich kann Wörter in ihre Wortbausteine zerlegen und auf eine zweisilbige Form zurückführen.
- Ich schreibe Wörter mit dem silbentrennenden h richtig.
- Ich kann eine Fantasiegeschichte schreiben.

Das möchte ich noch bis ... üben:

Tiere und Natur erleben und entdecken

Schachbrettfalter Blässhuhn Buntspecht Kuckuck Eisvogel
Haubentaucher Kormoran Sumpfschwertlilie Pirol Biber

Viele seltene Tiere und Pflanzen können in Naturschutzgebieten ungestört leben.

1. Wie heißen die Tiere und Pflanzen auf den Fotos? Ordnet die Namen zu.
2. Besprecht eure Ergebnisse in der Klasse.
3. Kennt ihr ein Naturschutzgebiet in eurer Nähe? Erzählt.

Ein Diagramm lesen und verstehen

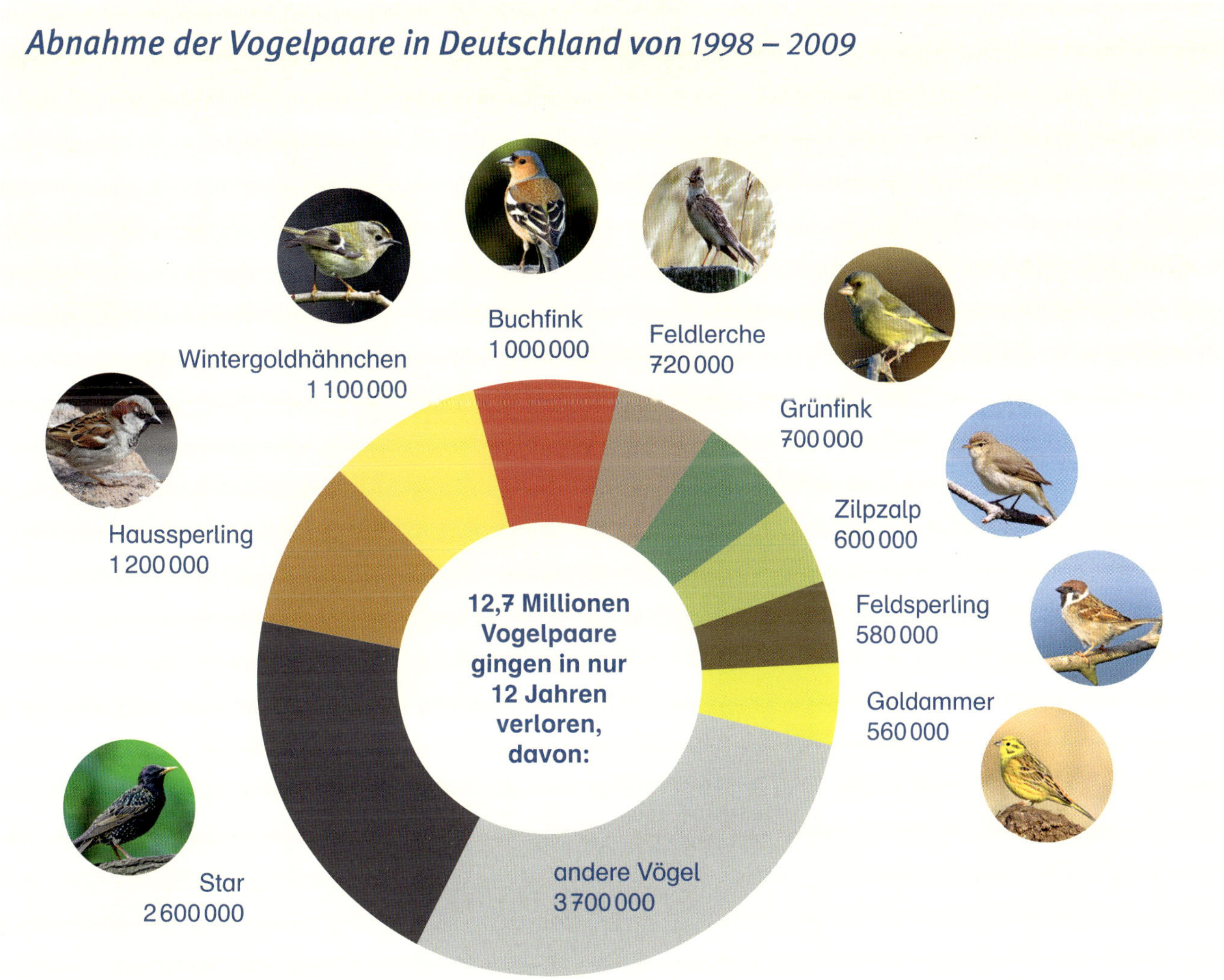

1. Betrachtet das Kreisdiagramm:
   - Beschreibt das Diagramm: Was wird dargestellt und wie?
   - Welche Vogelart ging am stärksten zurück?
   - Wie viele Brutpaare sind im angegebenen Zeitraum insgesamt verschwunden?
   - Wie hoch ist die Gesamtzahl der verschwundenen Vögel?
2. Wählt einen Vogel aus. Informiert euch in Sachbüchern, in Lexika oder im Internet und fertigt einen Steckbrief an.
3. Stellt mithilfe des Steckbriefs euren Vogel der Klasse vor und begründet eure Wahl.
4. Informiert euch bei einem Naturschutzverband oder im Internet über die Ursachen des Rückgangs der Vögel.
5. Wie könnt ihr den Vögeln in eurer Umgebung helfen? Sammelt Vorschläge.

Das Dehnungs-h

Eine berühmte Samtpfote

Der kohlrabenschwarze Kater Nero wird an einem kühlen Novembermittag Schlag zwölf Uhr auf einem Bauernhof in Italien geboren.
Mit seiner weißen Pfote fühlt er dem Hofhund auf den Zahn, schleckt Rahm von der Milch des Bauern und stibitzt kühn die Eier der Hühner.
Deshalb führt er bald den Namen „Nero Corleone“, der Schwarze mit dem Löwenherzen.
Mit Frechheit und Charme erobert er die Herzen der deutschen Urlauber Isolde und Robert, die den Kater und seine Schwester Rosa mit nach Köln nehmen.
Nero und seine Gefährtin erkunden die deutsche Großstadt, bis die Sehnsucht den Kater wieder nach Italien führt.

1. Suche aus dem Text alle Wörter mit dem Dehnungs-h und schreibe sie auf.
2. Kreise jeweils den Buchstaben nach dem Dehnungs-h ein. Was fällt dir auf? Welche Buchstaben sind eingekreist?
3. Schreibe die Verben mit Dehnungs-h in eine Tabelle. Schreibe so:

Grundform	Wortstamm	er-Form
ehren	ehr	er ehrt

ehren bohren fehlen abwehren
sehnen dehnen lehren verwöhnen
wählen mahnen kehren fühlen

4. Suche vier Wortstämme aus Aufgabe 3 aus und bilde jeweils eine Wortfamilie. Nutze das Wörterbuch.

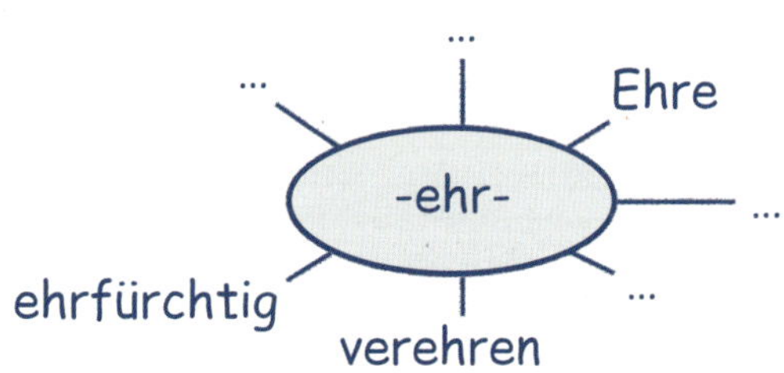

Dehnungs-h

Wortstämme und Einsilber auf l, m, n, r schreiben wir mit „h“.

5. Vergleiche mit einem Partner.

5. Besprecht die Zuordnung der Wortkarten an der Tafel.

6. Schreibe das Tafelbild ab und ordne die übrigen Karten zu.

7. Schreibe den folgenden Text ab. Überlege, ob du ein „h“ ergänzen musst. Wende die „h-Regel“ und die beiden „h-Nebenregeln“ an.

Abschied und Neubeginn

Das angene?me Leben in Köln endet mit Rosas Tod. Dieses Ereignis wirft Nero völlig aus der Ba?n. Plötzlich quä?lt i?n die Sehnsucht nach seiner Heimat Italien se?r. Auf i?rer Urlaubsfa?rt ne?men Isolde und Robert den traurigen kleinen Kerl mit. Schwe?ren Herzens verlässt er die beiden und schlüpft durch die Tü?r des Ferienhauses in Italien, um neue Abenteuer zu erleben. Er folgt den Spu?ren seiner Kindheit und findet dadurch in ein neues Leben.

8. Die Geschichte von Nero Corleone ist als Buch erschienen. Recherchiere: Wie heißen der Titel, der Autor und der Verlag?

h-Nebenregeln

1. Wörter mit Buchstaben-kombinationen am Anfang (z. B. Sp, St, Schw) schreiben wir ohne Dehnungs-h. Ausnahme: Stuhl
2. Bei Wörtern mit T, t am Anfang steht ebenfalls kein Dehnungs-h.

Wörter mit Doppelvokal

Andreas Kieling ist einer der bedeutendsten Tierfilmer Deutschlands. Viele Monate verbrachte er in Kanada, um Braunbären zu filmen.

1. Habt ihr schon einmal einen Tierfilm von Andreas Kieling gesehen? Erzählt.

Braunbären sind Einzelgänger. Im Sommer aber treffen sich bis zu 60 Tiere an Flüssen, um Lachse zu fangen. Deshalb muss man mit dem Boot an unzugängliche Stellen fahren, um gute Aufnahmen zu machen. Die Bären warten oberhalb von Stromschnellen auf die Lachse, die aus dem Meer kommen und flussaufwärts schwimmen. Wenn es im Sommer sehr heiß ist, kann man manchmal in einem See eine Bärenfamilie beim Baden beobachten. Im Herbst verweilen die Braunbären gerne in Moorgebieten. Dort suchen sie zwischen Moosen eifrig nach Beeren, um sich genügend Winterspeck anzufressen.

2. Finde im Text alle Nomen mit einem Doppelvokal und schreibe sie mit dem bestimmten Artikel in der Einzahl und in der Mehrzahl auf.

3. Schreibe die Reimwörter so auf:
   Schnee – See – ...

Schnee Teer Tee Haar
See leer Klee Meer Paar

4. Wörter mit Doppelvokalen muss man sich merken. Kennt ihr noch weitere Wörter mit einem Doppelvokal? Sammelt sie auf einem Plakat.

Komma als Aufzählungszeichen

1. Lest den Text. Wo müsst ihr Kommas setzen?

2. Schreibe den Text ab und ergänze die Kommas.
   Vergleiche mit einem Partner.

Aus dem Leben einer Bärin

Wenn der Herbst kommt, hat sich die Bärin mithilfe von Beeren Samen und Nüssen eine dicke Fettschicht angefressen. Nun gräbt sie sich eine Höhle und polstert sie mit Laub Moos und Zweigen aus. Mitten im Winter bringt sie ihre Jungen zur Welt. Wenn die Bärenkinder im Frühling das erste Mal mit ihrer Mutter einen Ausflug machen, erkunden sie neugierig ihre Umgebung. Sie schnuppern an Pflanzen kleinen Käfern und Steinen und balgen miteinander herum. Wenn die Sonne untergeht, zieht sich die Familie in ihre Höhle zurück.

3. Schreibe mithilfe der Stichwörter auf den Karten einen Sachtext über Braunbären:

   Der Braunbär
   Braunbären kommen in Osteuropa, Nordasien, Westkanada, Alaska und Japan vor.

Vorkommen
Osteuropa
Westkanada
Alaska
Nordasien
Japan

Lautäußerungen
fauchen
grollen
brüllen
quieken

Nahrung
Gräser
Blätter
Wurzeln
Beeren
Lachse

Feinde der Jungbären
Bärenmännchen
Wölfe
Luchse

Besondere Merkmale
Einzelgänger
Winterruher

Größe und Gewicht
bis 3,3 m groß
bis 700 kg schwer

Unterarten
Grizzlybär
Kamtschatkabär

Komma als Aufzählungszeichen

Wenn Wörter oder Satzglieder aufgezählt werden, wird ein Komma gesetzt.
Vor dem letzten Wort der Aufzählung steht „und“ bzw. „oder“.

Merkhilfen

Ⓐ Wie lautet die Grundform? Zu welcher Wortfamilie gehört das Wort?

So beginnen Märchen:
Es war einmal ein König.

↔

Beim „Lügenbaron" fragen wir:
Ist die Geschichte wahr?

Ⓑ Wir malen zu einem der Wörter ein Bildzeichen.

Er fuhr über das Meer.

↔

Er wollte mehr Geld.

Ⓒ Wir verknüpfen mit einem der Wörter ein Bild oder eine Szene.

Münchhausen hielt ein Festmahl.

↔

In Bodenwerder steht das Denkmal „Münchhausen auf dem halben Pferd".

1. Mit Merkhilfen können wir uns die richtige Schreibweise eines Wortes leicht einprägen. Sprecht über die Beispiele.
2. Zu welchem Wortpaar passen die beiden Merkhilfen auf dem Kärtchen?
3. Finde selbst Merkhilfen zu folgenden Wortpaaren:

die Bären – die Beeren	der Wal – die Wahl
das Liederbuch – das Augenlid	der Wagen – die Waage

Wortarten üben: Verben

Fahrradtour ins Naturschutzgebiet

Jana und Paul wollen mit den Eltern das nahe gelegene Naturschutzgebiet erkunden. Sie nehmen die Fahrräder und radeln los. Schon nach kurzer Zeit entdecken sie auf einem See zwei Schwäne mit Jungen. Als sie näher kommen, schwimmt das Vogelpaar mit den Jungen weg. Bald gelangen sie in ein Moorgebiet. Die Mutter ermahnt Jana und Paul: „Bleibt dicht hinter mir auf dem befestigten Weg!" Auf einmal sieht Jana einen blauen Frosch ins Wasser springen. „Das ist ein Moorfrosch", weiß Jana. Paul wird müde und möchte umkehren. Sie wählen den kürzesten Weg und sind bald zu Hause.

1. Schreibe die Verben in der Grundform, in der Gegenwart, in der 1. und 2. Vergangenheit und in der Zukunft auf.
   wollen: er will, er wollte, er hat gewollt, er wird wollen
2. Bilde je eine Wortfamilie zu den Verben mit Dehnungs-h. Nutze das Wörterbuch.

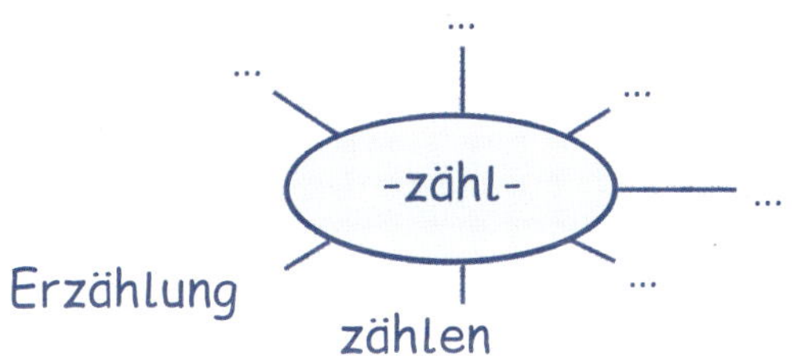

3. Übe den Text als Diktat (siehe Seite 148).

Fabel

Der Rabe und der Fuchs

Ein Rabe saß auf einem Baum und hielt im Schnabel einen Käse; den wollte er verzehren. Da kam ein Fuchs daher, der vom Geruch des Käses angelockt war.

„Ah, guten Tag, Herr Rabe!“, rief der Fuchs.

„Wie wunderbar Sie aussehen! Wenn Ihr Gesang ebenso schön ist wie Ihr Gefieder, dann sind Sie der Schönste von allen hier im Walde!“

Das schmeichelte dem Raben, und das Herz schlug ihm vor Freude höher. Um nun auch seine schöne Stimme zu zeigen, machte er den Schnabel weit auf.

Da fiel der Käse hinunter und der Fuchs schnappte ihn.

Der Fuchs sagte: „Mein guter Mann, nun haben Sie es selbst erfahren: Ein Schmeichler lebt auf Kosten dessen, der ihn anhört – diese Lehre ist mit einem Käse wohl nicht zu teuer bezahlt.“

nach La Fontaine

1. Lest die Fabel mit verteilten Rollen.
   Achtet auf die passende Betonung.
2. Ich: Was geschieht? Notiere Stichwörter.
   Du: Wie fühlen sich die Tiere? Tauscht euch aus.
   Wir: Stellt eure Überlegungen der Klasse vor.

In einer Fabel haben Tiere typisch menschliche Eigenschaften und sie können miteinander sprechen.
Die Tiere haben keine Namen.
Am Schluss jeder Fabel steht eine Lehre (Moral).

Fabel

Fabeln sind kurze Geschichten, in denen sich Tiere wie Menschen verhalten. Der Leser soll etwas aus der Fabel lernen (Lehre/Moral).

3. Welche Eigenschaften haben der Fuchs und der Rabe? Sammle passende Adjektive. Vergleiche mit einem Partner.
   der Fuchs: schlau, ...
   der Rabe: eitel, ...

4. Wie weckt der Fuchs die Eitelkeit des Raben? Tausche dich mit einem Partner aus.

5. Was soll der Leser aus der Fabel lernen?

6. Welche Lehre passt zu der Fabel?

   (A) Hüte dich vor Eitelkeit!

   (B) Nur gemeinsam gelangen wir ans Ziel!

   (C) Verachte die Kleinen nicht!

7. Spielt die Fabel. Achtet dabei auf eure Stimme, euren Gesichtsausdruck und passende Bewegungen.

8. Was wäre passiert, wenn der Rabe nicht auf die Schmeicheleien des Fuchses hereingefallen wäre? Erzähle einem Partner.

Aufbau der Fabel

1. Notiere Stichwörter zu den Teilen der Fabel.

Erzählsituation:
Wer?
Wie sind die Tiere? (Adjektive)
Wo?

Ereignis:
Was geschieht?
Wie geschieht es?
Warum geschieht es?

Ausgang:
Wie ist das Ende?
Was soll der Leser lernen? (Lehre)

2. Vergleiche mit einem Partner.

3. Lies die Fabel „Der Löwe und die Maus“. Du findest sie im Internet (siehe auch Seite 154 / 155). Untersuche mit einem Partner Merkmale und Aufbau der Fabel.

Eine Fabel schreiben

1. Ich: Betrachte die Bilder. Was geschieht?
   Du: Tauscht euch aus.
   Wir: Stellt eure Überlegungen der Klasse vor.
2. Wähle eines der beiden Tiere. Wie fühlt es sich?
   Erzähle aus seiner Sicht.
3. Wie sind die beiden Tiere?
   Sammle passende Adjektive. Vergleiche mit einem Partner.
   die Lerche: listig, ...
   der Frosch: dumm, ...
4. Was könnt ihr aus der Fabel lernen? Formuliert eine Lehre.
5. Notiere Stichwörter zu den Teilen der Fabel.
   Vergleiche mit einem Partner.
   Erzählsituation, Ereignis, Ausgang
6. Schreibe die Fabel. Vergiss die Überschrift nicht.

Gib den Tieren gegensätzliche Charaktereigenschaften.

Schreibe die Fabel kurz und in der 1. Vergangenheit.

Verwende wörtliche Rede.

Schreibe die Lehre / Moral in der Gegenwart.

7. Stelle deine Geschichte in der Schreibkonferenz vor und überarbeite sie.

Was habe ich gelernt? – 9

Ein Diagramm lesen und verstehen (zu Seite 97)

1. Betrachte das Kreisdiagramm zu den gefährdeten Tieren in Deutschland. Schreibe die Antworten auf.
   - Welche Tierarten sind in Deutschland gefährdet oder stark gefährdet?
   - Welche Tierart ist in Deutschland bereits ausgestorben?
   - Welche Tierart ist vom Aussterben bedroht?
   - Wie wird die Situation der Steinböcke beurteilt?

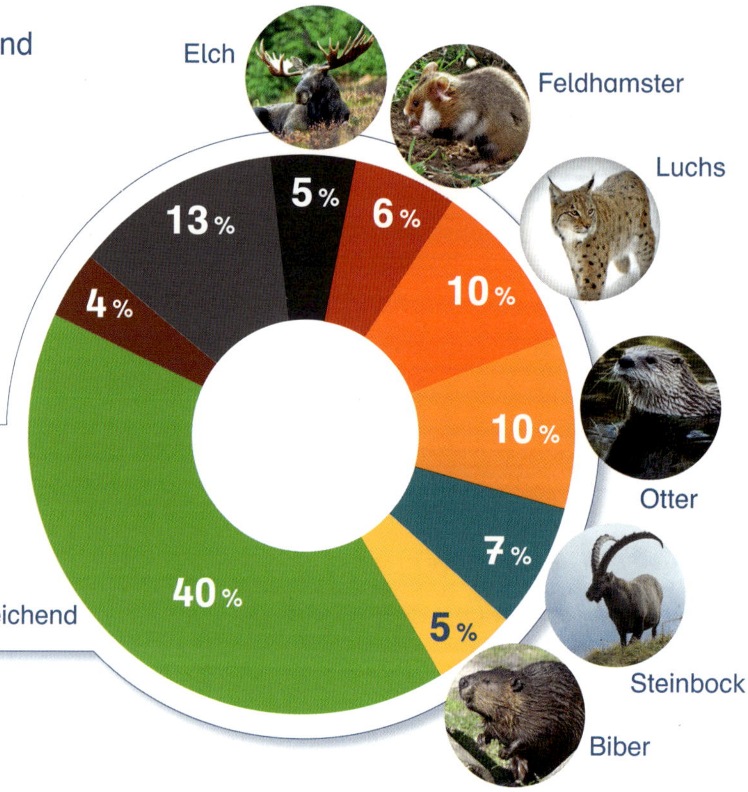

Dehnungs-h (zu Seite 98, 99)

2. Entscheide, ob du ein h ergänzen musst. Schreibe die Wörter auf.

Le?ne Spu?r To?n Me?l ka?l kla?r schö?n Ta?l que?r
schwe?r So?n Qua?l To?r Ru?m se?r Mü?le tu?n grü?n

Doppelvokal (zu Seite 100)

3. Setze aa, ee oder oo ein.

T? M?s H?r Schn? M?r B?t B?re P?r S? l?r Z?

Komma bei Aufzählung (zu Seite 101)

4. Schreibe die Sätze ab und setze die Kommas.

Amseln fressen Beeren Früchte Regenwürmer und kleine Käfer.
Bussarde ernähren sich von Mäusen Fröschen Kaninchen und Reptilien.
Schwäne fressen Muscheln Schnecken und Gras.

Merkhilfen (zu Seite 102)

5. Welches Wort passt?

fiel / viel:	Der reife Apfel ? vom Baum.	Sie hatte ? Obst im Korb.
paar / Paar:	Er suchte sein ? Socken.	Er hatte sich ein ? T-Shirts gekauft.
Wal / Wahl:	Er hatte eine gute ? getroffen.	Der ? schwamm zurück ins Meer.

Eine Fabel schreiben (zu Seite 104, 105, 106, 107)

6. Schreibe die Fabel zu den Bildern: Der Fuchs und der Storch

7. Stelle deine Fabel in der Schreibkonferenz vor und überarbeite sie.

Lerntagebuch

- Schreibe in dein Lerntagebuch, was du gelernt hast.
- Beurteile, wie gut du die Aufgaben kannst. Male.
- Was möchtest du noch üben?

Was habe ich gelernt?

- Ich kann ein Diagramm lesen und Fragen dazu beantworten.
- Ich kann die Regel zum Dehnungs-h anwenden.
- Ich kenne die beiden Nebenregeln zum Dehnungs-h und kann sie anwenden.
- Ich kenne Wörter mit doppeltem Selbstlaut.
- Ich kann das Komma in Aufzählungen verwenden.
- Ich kenne Merkhilfen für gleich klingende Wörter.

Das möchte ich noch bis … üben:

Orte – nah und fern

London: Tower Bridge

Paris: Eiffelturm

Athen: Akropolis

Berlin: Brandenburger Tor

Rom: Kolosseum

Istanbul: Hagia Sophia

1. Welche Sehenswürdigkeiten kennt ihr? Erzählt.

2. Ich: Wähle eine Sehenswürdigkeit aus und erstelle einen Steckbrief. Informiere dich im Internet (siehe Seite 154 / 155) oder in einem Lexikon.

   Du: Stelle deinen Steckbrief einem Partner vor.

   Wir: Hängt eure Steckbriefe an die Tafel. Besprecht, welche Steckbriefe sind besonders gelungen und warum?

Name: ...
Land: ...
Stadt: ...
Alter: ...
Nutzung: ...

Sätze verbinden: Bindewörter

Die Klasse 4c hat einen Artikel in einem Kinderreiseführer über Berlin gelesen:

Das Brandenburger Tor

Viele Touristen besuchen das Brandenburger Tor. Es ist das bekannteste Bauwerk Berlins.
Nach dem Zweiten Weltkrieg war Deutschland durch eine Mauer in Ost und West geteilt. Deutschland hatte den Krieg verloren.
Das Brandenburger Tor wurde zum Symbol für das geteilte Deutschland. Es stand direkt an der Grenze.

Viele Touristen besuchen das Brandenburger Tor, denn es ist das bekannteste Bauwerk Berlins.

Nach dem Zweiten Weltkrieg war Deutschland durch eine Mauer in Ost und West geteilt, weil Deutschland den Krieg verloren hatte.

Das Brandenburger Tor wurde zum Symbol für das geteilte Deutschland, denn es stand direkt an der Grenze.

1. Die Kinder erzählen, was sie gelesen haben. Was fällt euch auf?
2. Welches Bindewort passt am besten? Schreibe die Sätze ab und ergänze passende Bindewörter. Achte auf das Komma.

1961 wurde im Ostteil Berlins mit dem Bau der Mauer begonnen, ? die Menschen nicht mehr den Westteil der Stadt erreichen konnten.

Man konnte nicht mehr durch das Brandenburger Tor gelangen, ? es im Sperrgebiet stand.

1989 demonstrierten die Menschen wochenlang für die Öffnung der Grenze, ? es sehr gefährlich war.

Am 9. November 1989 fiel die Berliner Mauer, ? der Widerstand der Bürger immer größer wurde.

Das Brandenburger Tor ist das Symbol der deutschen Einheit, ? die Menschen aus Ost und West wieder vereint sind.

weil damit obwohl

3. Kreise in deinen Sätzen die Prädikate grün ein. Vergleiche mit einem Partner.

Bindewörter

Mit Bindewörtern können Sätze verbunden werden. Dabei ändert sich manchmal die Stellung der Satzglieder. Vor dem Bindewort steht ein Komma.

Ich esse.
Ich habe Hunger.
*Ich esse, **weil** ich Hunger habe.*

Max und Moritz – Vorläufer des Comics

Vor 150 Jahren schrieb und zeichnete Wilhelm Busch die Lausbubengeschichte „Max und Moritz“. Die Streiche wurden in 70 Sprachen übersetzt und in Dialekte übertragen. Bildergeschichten von Wilhelm Busch waren Vorbilder für den Comic und den Trickfilm.

Durch den Schornstein mit Vergnügen
sehen sie die Hühner liegen.

Max hat schon mit Vorbedacht
eine Angel mitgebracht.

Schnupdiwup! Da wird nach oben
schon ein Huhn heraufgehoben.

Aber schon sind sie ganz munter
fort und von dem Dach herunter.

Max und Moritz im Verstecke
schnarchen aber an der Hecke,
und vom ganzen Hühnerschmaus
guckt nur noch ein Bein heraus.

1. Die Bilder und Verse gehören zum zweiten Streich. Betrachtet die Bilder und lest die Verse. Welche Wörter reimen sich?
2. Sprecht über den Streich von Max und Moritz.
3. Die Streiche von Max und Moritz findet ihr in Büchern, in Hörbüchern, auf DVD und im Internet. Vergleicht die Streiche in den verschiedenen Medien.
Was gefällt euch am besten? Begründet eure Wahl.

Dialekte in Deutschland

Ostfriesisch

Max un Moritz dick un rund
snurken achter d Heeg up d Grund.
Blot een Stückje Höhnerbeen
kannst vant Ferenveeh noch sehn.

Rheinländisch

Die zwei Daachdieb schleiche sisch
unnerdesse in die Bisch,
un ihr Bäusch sin rabbeldick
voll von Boldes Lewensglick.

Sächsisch

Doch dorweele im Vorschdägge
grunsen d Räbchen um de Wädde,
un vom gansn Hiehnorkleen
schield häraus nur noch ä Been.

Alemannisch

Max und Moritz sind versteckt,
schnarchlet, dass es andere weckt,
und vum letschte Hennefuß
guckt nu no en Knoche rus.

Bairisch

Im Versteck liagn frech und gsund,
d' Wamperl voi und kugelrund,
rechts da Moritz, links da Maxl,
ausm Mai schaugt no oa Haxl.

1. Lest die Strophe in den verschiedenen Dialekten.
   Welchen Dialekt kennt ihr?
2. Wähle einen Dialekt aus und übersetze die Strophe ins Schriftdeutsche. Vergleiche.
3. Kennt ihr noch andere Dialekte?

Satzgliederproben

1. Wie könnte Max den Satz erweitern?

2. Erweitert in der Gruppe die folgenden Sätze. Wer sagt den längsten Satz?

   Basina malt. | Max wandert. | Pawel und Sara lesen.

3. Schreibe einen Satz mit fünf Satzgliedern auf. Tausche dich mit einem Partner aus.

4. Welche Satzglieder kannst du weglassen, damit die Sätze verständlich bleiben? Schreibe immer den kürzesten Satz auf.

   Edon sammelt Beeren.

   Edon sammelt mit seinem Opa Beeren im Wald.

   Abends kocht Edon mit seiner Oma aus den Beeren Marmelade.

   Zum Frühstück essen alle gerne ein Brötchen mit Marmelade.

   Danach hilft Edon seiner Oma beim Abwaschen des Geschirrs.

Satzgliederproben

Sätze kann man **erweitern**, indem man Satzglieder hinzufügt (**Erweiterungsprobe**).
Einzelne Satzglieder kann man **weglassen**, ohne dass der Satz falsch wird (**Weglassprobe**).
Wichtige Satzglieder können besonders **betont** werden (**Klangprobe**).

Wortarten üben: Nomen

Ideen für den Wandertag

Die Schüler der Klasse 4 c planen mit ihrer Lehrerin einen Ausflug zum Schuljahresende. Zuerst sammeln sie verschiedene Vorschläge. Timo will an einen Badesee fahren. Hanna will in den Bergen wandern. Simon schlägt vor, den Kletterpark zu besuchen. Die Kinder stimmen ab. Die Mehrheit ist für den Hochseilgarten. Dort können sie in Kleingruppen verschiedene Kletterstrecken wählen. Max will mit der Seilrutsche fahren. Amira freut sich über die lange Röhrenrutsche. Pawel ist von der Hängebrücke begeistert.

1. Untersuche die zusammengesetzten Nomen.
   Aus welchen Wortarten wurden sie gebildet? Schreibe so:
   der Wandertag: wandern (V), der Tag (N)

Nomen = N
Verb = V
Adjektiv = A

2. d oder t, g oder k?
   Finde ein verwandtes Wort mit zwei Silben. Schreibe so:
   Berge – Bergtour

   Ber?tour Flu?platz Mu?probe Bur?ruine
   Wil?park Ras?platz Run?weg Par?regel

3. Frage nach dem Nomen und ergänze die Sätze.

   Die Klasse plant (der Ausflug).
   Gemeinsam sammeln (die Kinder) Ideen.
   Simon schlägt (die Klasse) den Kletterpark vor.
   Alle finden den Vorschlag (der Mitschüler) gut.

4. Übe den Text als Diktat (siehe S. 148).

Aufforderungen und Bitten formulieren

1. Welche Sätze sind Aufforderungen, welche höflich formulierte Bitten? Tauscht euch aus.

2. Schreibe zu jedem Kärtchen eine Aufforderung und eine höflich formulierte Bitte:
   Sei still! – Könntest du bitte still sein?

   still sein | weggehen | stehen bleiben

3. Untersuche die Bitten und Aufforderungen von Aufgabe 2. Finde weitere Beispiele mit einem Partner.

4. Ersetze die Pronomen „du“ und „dir“ durch die Höflichkeitspronomen „Sie“ und „Ihnen“:
   Darf ich Ihnen helfen?

   Darf ich dir helfen? | Darf ich dir die Jacke geben?

   Würdest du mir bitte die Uhrzeit sagen?

   Könntest du mir bitte ein Glas Wasser geben?

5. Wann verwendet ihr die Höflichkeitspronomen? Nennt Beispiele.

Aufforderungen und Bitten

Aufforderungen formulieren wir knapp:
Geh zur Seite!
Bitten formulieren wir höflich:
Könntest du bitte zur Seite gehen?
Könnten Sie bitte zur Seite gehen?
Höflichkeitspronomen werden großgeschrieben.

Adressatenbezogen schreiben

Die Schüler der Klasse 4 c wollen einen Ausflug in den Kletterpark machen. Sie fragen an, wann ein Termin frei ist.

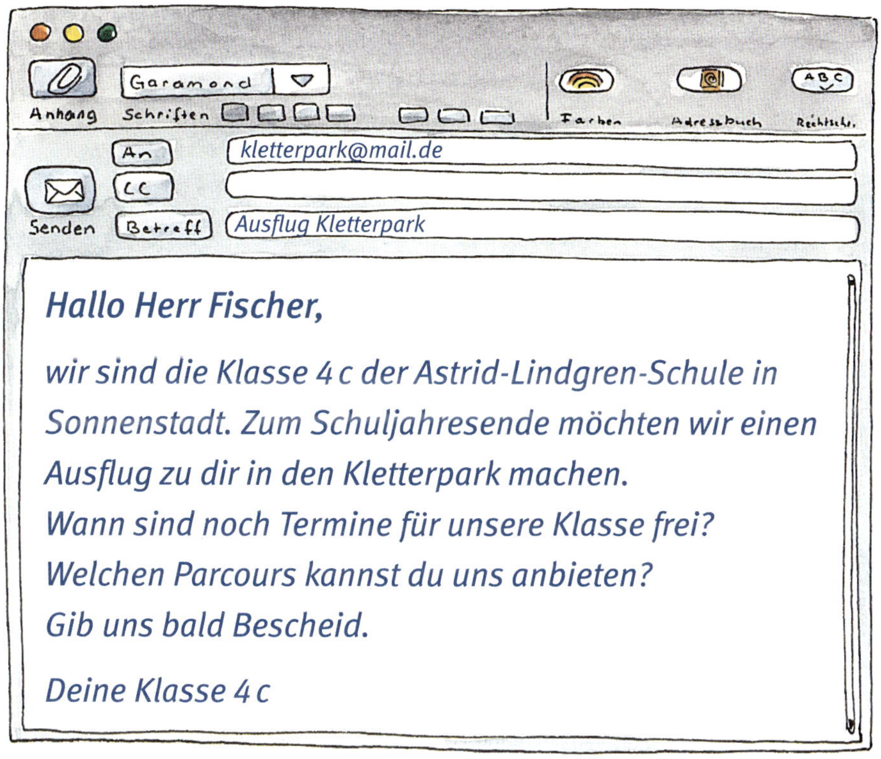

1. Überarbeite die E-Mail. Formuliere höfliche Bitten und verwende die Höflichkeitspronomen. Folgende Formulierungen helfen dir:

Sehr geehrter … Könnten Sie uns mitteilen, …
Lieber … Wir würden uns freuen, wenn …
Viele Grüße … Mit freundlichen Grüßen …

2. An wen sind die Mitteilungen geschrieben? Vergleicht. Was fällt euch auf?

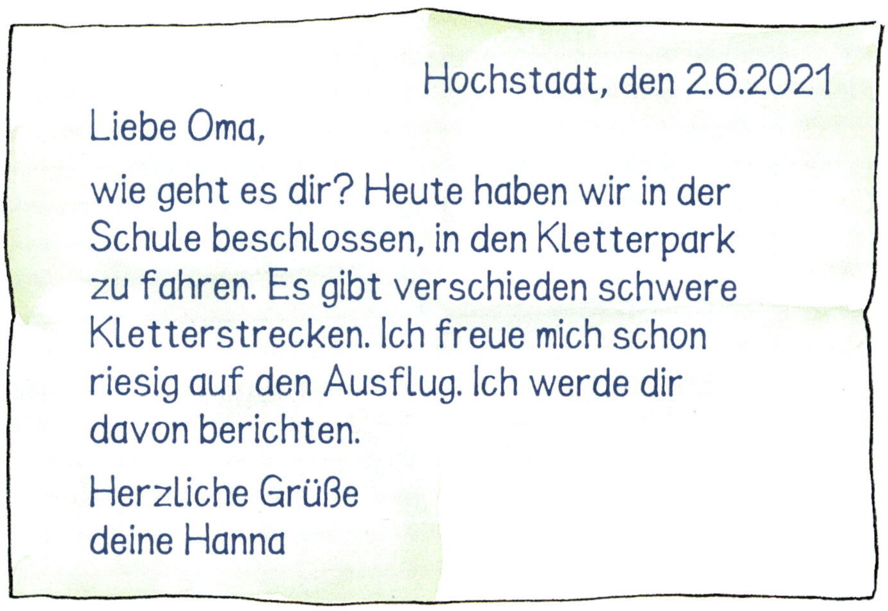

Was habe ich gelernt? – 10

Bindewörter (Seite 111)

1. Verbinde passende Satzteile und schreibe die Sätze auf.

Die Schüler schreiben eine E-Mail,	obwohl sie Höhenangst hat.
Max möchte eine Kletterhalle besuchen,	weil sie sich über den Kletterpark informieren möchten.
Die Kinder freuen sich,	wenn das Wetter schlecht ist.
Auch Amira möchte klettern,	dass es eine lange Röhrenrutsche gibt.

2. Schreibe die Sätze ab und ergänze das passende Bindewort.

Die Schüler besuchten einen Bauernhof, ? sie Tiere mögen.	weil / obwohl
Aysun füttert die Kühe, ? sie ein bisschen Angst hat.	obwohl / als
Timo freut sich, ? er mit Pfeil und Bogen schießen darf.	damit / dass
Die Kinder ziehen ihre Regenmäntel an, ? es regnet.	obwohl / als

3. Verbinde die Sätze mit passenden Bindewörtern.
Achte auf das Komma und die Satzstellung.

Die Familie fährt in den Urlaub. Es sind Schulferien.	Hanna freut sich. Sie trifft ihre Freundin.
Juri läuft barfuß am Strand. Scherben liegen im Sand.	Die Urlauber verlassen das Wasser. Ein Gewitter zieht auf.

dass als weil obwohl

Aufforderungen und höfliche Bitten (Seite 116)

4. Formuliere zu jeder Aufforderung eine höfliche Bitte.

Stell deinen Teller weg! Räum dein Zimmer auf! Bleib stehen!
Geh ins Bett! Hilf mir! Gieß die Blumen! Spiel mit mir Ball!
Mach die Tür zu! Gib mir meine Jacke! Komm her! Steh auf!

5. Ersetze die Pronomen durch die Höflichkeitspronomen „Sie“, „Ihnen“, „Ihr“.

Kannst du mir bitte bei der Rechenaufgabe helfen?

Darf ich dir ein Stück Kuchen anbieten? Ist das dein Schal?

Darf ich dir in den Mantel helfen? Darf ich dir eine Tüte geben?

Adressatenbezogen schreiben (Seite 117)

6. Deine Klasse plant einen Ausflug in ein Erlebnisbad. Ihr braucht Informationen über
   - die angebotenen Attraktionen
   - die Öffnungszeiten
   - die Eintrittspreise

   Schreibe einen Brief oder eine E-Mail. Verwende die Höflichkeitsform und formuliere höfliche Fragen und Bitten.
   Beginne den Brief mit der höflichen Anrede „Sehr geehrte Damen und Herren, ...“

7. Lies einem Partner deinen Brief vor und überprüft gemeinsam die Formulierungen.

Üben mit Wortkarten (Seite 150)

8. Übe schwierige Wörter. Schreibe sie auf Karteikarten.

Lerntagebuch

- Schreibe in dein Lerntagebuch, was du gelernt hast.
- Beurteile, wie gut du die Aufgaben kannst. Male ☺ 😐 ☹.
- Was möchtest du noch üben?

Was habe ich gelernt?

- Ich kann Sätze mit einem passenden Bindewort verbinden und beachte das Komma.
- Ich kann Aufforderungen formulieren und setze am Ende ein Ausrufezeichen.
- Ich kann höfliche Bitten formulieren.
- Ich kenne die Höflichkeitspronomen und kann sie anwenden.
- Ich kann einen Brief oder eine E-Mail in der Höflichkeitsform schreiben.

Das möchte ich noch bis ... üben:

Medien

1. Ich: Welche Medien sind abgebildet?
   Du: Wie werden die Meldungen in den verschiedenen Medien dargestellt? Tausche dich mit einem Partner aus.
   Wir: Stellt eure Ergebnisse in der Klasse vor.
2. Wähle ein aktuelles Nachrichtenthema aus und informiere dich in verschiedenen Medien.
   Wo informierst du dich am liebsten? Begründe deine Wahl.
3. Sammelt in der Gruppe die Vorteile und die Nachteile der verschiedenen Medien. Wählt einen Schreiber und einen Sprecher aus. Der Schreiber notiert Stichwörter, der Sprecher trägt das Ergebnis in der Klasse vor.

Projekt Klassenzeitung – Mindmap

Die Klasse 4c will ihre Erinnerungen an die Grundschulzeit in einer Klassenzeitung festhalten.
Zur Vorbereitung dient eine Mindmap.

1. Wie planen die Schüler der 4c ihre Klassenzeitung?
   Sprecht über die einzelnen Punkte und ergänzt.
2. Plant eine eigene Klassenzeitung und erstellt eine Mindmap.
3. Schreibt eure Beiträge und überarbeitet sie.

Klassenzeitung – Gestalten mit dem Computer

Mit dem Computer kannst du Texte erstellen, überarbeiten und gestalten.
Das Rechtschreibprogramm zeigt dir, welche Wörter falsch geschrieben sind.
Du kannst die Schriftart und die Schriftgröße verändern oder ein Wort hervorheben, indem du es fett, kursiv oder unterstrichen darstellst.

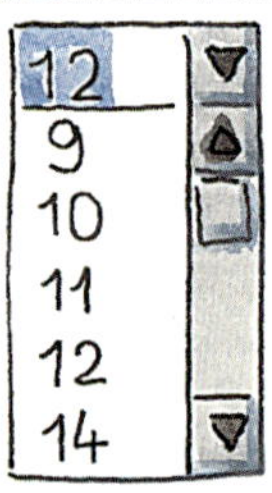

1. Welche Wörter sind rot markiert?
   Welchen Fehler vermutest du? Tausche dich mit einem Partner aus.
2. Schreibe die Sätze mit dem Computer richtig auf.
3. Schreibe folgenden Satz mehrmals mit dem Computer.
   Verwende unterschiedliche Schriftarten und Schriftgrößen.

   Wir besuchen die Feuerwehr.

4. Schreibe mit dem Computer das Wort „Feuerwehr“ **fett**, *kursiv* und unterstrichen.
5. Schreibe einen eigenen Text am Computer.
   - Achte auf die rot markierten Wörter. Korrigiere die Rechtschreibung.
   - Gestalte die Schrift.

   Du kannst auch Fotos und Zeichnungen einfügen.
   Lass dir dabei von jemandem helfen, der sich gut mit dem Computerprogramm auskennt.

Klassenzeitung

Die Schüler der Klasse 4c haben die einzelnen Seiten ihrer Klassenzeitung fertiggestellt.

1. Was müssen sie noch tun?
   Besprecht die einzelnen Arbeitsschritte.

2. Stellt eure Klassenzeitung fertig.

3. So sieht die Titelseite der fertigen Klassenzeitung aus.
   Besprecht die Gestaltung.

Klassenzeitung

4 c

Astrid-Lindgren-Schule

Wörter mit Besonderheiten

1. Manche Wörter weisen eine besondere Schreibweise auf. Diese Wörter musst du dir merken. Schreibe die Wörter auf Karteikarten. Schlage im Wörterbuch nach und überprüfe die Schreibweise.

Wir hören „f":
?ielleicht ?ier ?oll

Wir hören „k":
?or ?rist ?lown

Wir hören „i":
Pon? Hand? Bab?

Wir hören „t":
Sta? verwan?

Wir hören „ks":
lin? se? Ta?i
Fu? Kle? Te?t
He?e Ke? Bo?er

Wir hören „kw":
?aken ?atsch ?elle

Wir hören einen langen Vokal:
Do?f sofo?t Wu?st

2. Schreibe die Sätze ab und ergänze passende Wörter mit ai. Schreibe die Wörter auf Karteikarten.

Der ? ist der fünfte Monat im Jahr.
Der ? hat eine dreieckige Rückenflosse.
Ich kaufe einen ? Brot.

Hai Mai Laib

3. Lass dir die Wörter auf den Karteikarten von deinem Partner diktieren.

Wortarten üben: Verben

Eine Klassenzeitung als Erinnerung

Bald ist es so weit. Die Kinder der vierten Klasse werden die Grundschule verlassen und eine weiterführende Schule besuchen. Als Erinnerung an die gemeinsame Zeit beschließen sie, eine Klassenzeitung zu erstellen. Sie sammeln Vorschläge und legen einen Arbeitsplan fest. Dann schreiben die Kinder Texte über ihre Erlebnisse und die Ereignisse in den letzten vier Jahren. Auf die Titelseite stellen sie ihr Klassenfoto. Sie legen ein Inhaltsverzeichnis an und kopieren die Seiten. Danach binden sie die Blätter zu einem Heft. Alle Schüler freuen sich, als sie die fertige Klassenzeitung in den Händen halten.

1. Schreibe die Verben in der Grundform, der Gegenwart, in der 1. und 2. Vergangenheit und in der Zukunft auf.
   sein: er ist, er war, er ist gewesen, er wird sein

2. ä oder e, äu oder eu? Schreibe die Sätze richtig auf. Vergleiche mit einem Partner.

   Die Kinder fr?en sich auf das Abschlussfest.
   Dort tr?ffen sie sich zum letzten Mal.
   Die Lehrerin h?lt eine kurze Rede.
   Die Klasse hat viel gemeinsam erl?bt.
   Die Eltern bl?ttern in den Klassenzeitungen.
   Zum Schluss r?men alle gemeinsam auf.

3. Übe den Text „Eine Klassenzeitung als Erinnerung" als Diktat (siehe Seite 148).

Werbung

Werbung

Hersteller wollen ihre Produkte verkaufen. Mit Werbung stellen sie ihre Produkte vor. Je auffälliger die Bilder und Werbesprüche sind, desto mehr Menschen kaufen diese Produkte.

1. Welches Ziel hat Werbung?
2. Betrachtet das Werbeplakat:
   - Wofür wird geworben?
   - Wie wird für das Produkt geworben?
   - Wer wird mit der Werbung angesprochen?
3. Untersuche den Aufbau des Werbeplakats mithilfe der Checkliste. Vergleiche mit einem Partner. Schreibe so:

   Produktname: ZISCH

   Werbespruch: ...
4. Welche Werbung gefällt euch und warum? Sammelt Werbesprüche, die ihr auf Plakaten, in Zeitschriften oder im Internet entdeckt habt. Tauscht euch aus.

Ein Werbeplakat gestalten

1. In der Werbung werden oft Adjektive verwendet, die positive Aspekte hervorheben und dabei stark übertreiben.

   Bilde werbewirksame Adjektive:

   knackfrisch, ...

2. Auch englische Wörter werden oft in der Werbung verwendet. Schreibe die englischen Wörter mit der deutschen Übersetzung auf. Ein Wörterbuch Englisch – Deutsch oder das Internet helfen dir:

   happy – glücklich

   happy future soft power feeling drink
   energy magic life sweet lucky easy

3. Bildet Gruppen und gestaltet selbst ein Werbeplakat mithilfe der Checkliste auf Seite 126. Verwendet viele Adjektive und englische Wörter. Zeichnet ein interessantes Bild und gestaltet die Schrift mit schönen und gut lesbaren Buchstaben.

4. Stellt euer Plakat in der Klasse vor.

Diskutieren – Werbung: pro und kontra

Diskutieren

Beim Diskutieren wollen wir mit Argumenten überzeugen.

- Ich bleibe beim Thema.
- Ich begründe meine Meinung.
- Ich unterbreche niemanden.
- Ich beleidige niemanden.
- Ich sehe die anderen beim Sprechen an.
- Ich höre zu.
- Ich melde mich.

1. Welche Argumente nennen die Kinder?
2. Finde weitere Argumente und notiere sie in Stichworten.
3. Diskutiert das Thema Werbung. Beachtet dabei die Regeln. Bildet zwei Gruppen:
   - Die Sprecher diskutieren mithilfe ihrer Argumente von Aufgabe 2.
   - Die Zuhörer schreiben alle Argumente geordnet auf:

pro	kontra
cool	nervig

Tauscht die Rollen und ergänzt die Tabelle.

Einen argumentierenden Text schreiben

1. Lest Hannas Text. Wie ist er aufgebaut?

Werbung

Werbung begegnet uns überall. Wir finden sie auf Plakaten, in Zeitschriften, im Internet, im Radio und im Fernsehen. Werbung kann ganz schön nervig sein. Schaut man sich eine spannende Sendung im Fernsehen an, wird sie durch Werbung unterbrochen und dieselben Werbesprüche werden häufig wiederholt.

Werbung in Supermärkten oder Kaufhäusern verleitet zum Kaufen. Viele Menschen glauben, dass ein Produkt nur kurze Zeit so billig ist. Sie kaufen viel mehr, als sie eigentlich wollen. Für wichtige Dinge fehlt ihnen dann das Geld. Deshalb bin ich der Meinung, dass Werbung stark eingeschränkt werden sollte.

Argumentieren

Mit einem argumentierenden Text wollen wir den Leser von unserem Standpunkt überzeugen. Der Text steht in der Gegenwart und ist so aufgebaut:
- einleitender Satz
- Argumente mit Beispielen
- wichtigstes Argument am Schluss
- eigene Meinung

2. Lies die Argumente, die ihr während der Diskussion auf Seite 128 gesammelt habt.
   Welche Argumente sind für dich wichtig?
   Was ist deine Meinung?

3. Wie willst du überzeugen?
   - Ordne die Argumente stichwortartig – das wichtigste am Schluss.
   - Finde zu jedem Argument ein Beispiel.

Ich meine, dass ...
Ich bin der Meinung, dass ...
Ich finde, dass ...
Ich denke, dass ...

4. Verfasse mithilfe deiner Stichwörter einen Text.
   Schreibe zum Schluss deine Meinung auf.
   Die Formulierungen am Rand helfen dir.

Ist dein Text richtig aufgebaut?

Ist dein Text überzeugend?

5. Stelle deinen Text in der Schreibkonferenz vor.

Was habe ich gelernt – 11

Wörter mit Besonderheiten (Seite 124)

1. Ff oder Vv? Schreibe die Wörter richtig auf.

?inger ?isch ?ielleicht ?erbinden ?ünf ?oll ?ier

2. Welches Wort passt nicht in die Reihe? Schreibe es auf und begründe.

drei vier acht fünf aber sechs zehn

wahrscheinlich vielleicht sicher vermutlich eventuell

Finger fangen fertig voll füllen fünf Fass

3. Finde zu jedem Bild das richtige Wort. Ordne die Wörter nach dem Alphabet und schreibe sie auf.

4. Ergänze die Sätze mit dem passenden Wort.

Ein kleines Pferd nennt man ?.

Ein Plüschbär ist ein ?.

Ein Mobiltelefon ist ein ?.

Einen Säugling nennt man ?.

5. Finde die Wörter und schreibe sie auf.

CHORQUAKENSTADTCHRISTVERWANDTQUATSCHCLOWN

DORFQUELLEBRAVPYRAMIDEMIXENPFLASTERVIRUS

6. Bilde zusammengesetzte Nomen mit Mai und schreibe sie auf.

Mai Glöckchen Käfer Baum Blume Fest

7. Schreibe die Wörter mit dem bestimmten Artikel auf.

L  ib H  i

Einen argumentierenden Text schreiben (Seite 129)

8. Schreibe zu dem Thema „Sollen Grundschüler ein eigenes Handy besitzen?“ Argumente dafür (pro) und dagegen (kontra) stichwortartig auf.

pro	kontra
...	...

9. Welche Meinung hast du? Schreibe die Argumente, die deine Meinung unterstützen, geordnet auf. Nenne das wichtigste Argument zum Schluss.

10. Tausche dich mit einem Partner aus. Mache zu jedem Argument ein Beispiel.

11. Schreibe einen argumentierenden Text.

12. Stelle deinen Text in der Schreibkonferenz vor und überarbeite ihn.

Üben mit Wortkarten (Seite 150)

13. Übe schwierige Wörter. Schreibe sie auf Karteikarten.

Lerntagebuch

- Schreibe in dein Lerntagebuch, was du gelernt hast.
- Beurteile, wie gut du die Aufgaben kannst. Male ☺ 😐 ☹.
- Was möchtest du noch üben?

Was habe ich gelernt?

- Ich kann die Wörter mit Besonderheiten richtig schreiben.
- Ich kann zu einem Thema Argumente dafür (pro) und dagegen (kontra) finden.
- Ich kann einen argumentierenden Text schreiben.

Das möchte ich noch bis ... üben:

Jahreszeiten – Frühling

Die Blumen tanzen Rock 'n' Roll

1. Die Blumen tanzen Rock 'n' Roll,
   die Bäume treiben's auch ganz toll.
   Die Vögel singen laut im Chor,
   der Wind flüstert uns was ins Ohr.
   Kein Matsch, kein Eis, kein Schnee –
   Winter ade!

2. Das Wetter ist so klar und mild,
   die Halme sprießen heut wie wild.
   Die Knospen platzen, ei der Daus,
   da schauen bunte Blüten raus.
   Kein Matsch, kein Eis, kein Schnee –
   Winter ade!

3. Wir laden ein paar Freunde ein,
   dann geht es los im Sonnenschein.
   Mal querfeldein durch Wald und Flur
   zur BMX-Gelände-Tour.
   Kein Matsch, kein Eis, kein Schnee –
   Winter ade!

Text und Melodie: Wolfgang Spode
Fidula-Verlag, Boppard/Rhein

1. Lernt die Liedstrophen auswendig.
2. Singt das Lied und bewegt euch im Takt dazu.

Haiku

Das Haiku ist eine Gedichtform aus Japan. Es bezieht sich auf die Natur.

So ist es aufgebaut:

1. Zeile: 5 Silben
2. Zeile: 7 Silben
3. Zeile: 5 Silben

Frühlings-Haiku

Blumen blühen auf.
Kahle Wiesen werden bunt.
Der Frühling ist da.

Die Schwalben sind da.
Die Vögel jubilieren.
Hallo Frühlingszeit.

Die Bienen summen.
Frühlingsdüfte steigen auf.
Die Sonne scheint warm.

3. Schreibe selbst ein Frühlings-Haiku und gestalte ein Schmuckblatt. Trage es vor.
4. Stellt die Schmuckblätter in der Klasse vor.

Frühling – Wildkräuter

Bei einem Spaziergang durch die Natur findet ihr viele Wildkräuter. Diese können vielseitig verwendet werden.

Spitzwegerich

Der Spitzwegerich wächst fast überall. Bei einem Insektenstich zerreibt man einige Spitzwegerichblätter und legt sie auf die Einstichstelle. Die Wirkung setzt sofort ein.

Löwenzahn

Löwenzahn findet man fast überall. Aus den Blüten kann man einen Sirup zubereiten.

Bärlauch

Der Bärlauch wird auch „Wilder Knoblauch" genannt. Beim Zerreiben der Blätter riecht er wie Knoblauch. So kannst du ihn von den Blättern des giftigen Maiglöckchens unterscheiden.

1. Lest die Informationen zu den Wildkräutern.
2. Probiert die Rezepte für den „Löwenzahnhonig" und die „Bärlauchbutter" aus.
   Achtung: Wildkräuter solltest du nur mit Erwachsenen sammeln, die sich gut auskennen.

Löwenzahnhonig

Du brauchst:
- 200 Blüten
- $\frac{1}{2}$ l Wasser
- 500 g Zucker
- Saft einer $\frac{1}{2}$ Zitrone

- Löwenzahnblüten waschen
- in $\frac{1}{2}$ l Wasser aufkochen und über Nacht stehen lassen
- durch ein Sieb drücken, Flüssigkeit auffangen
- die Flüssigkeit mit Zitronensaft und Zucker etwa eine Stunde lang aufkochen
- noch heiß in ein Glas füllen und verschließen

Bärlauchbutter

Du brauchst:
- 125 g weiche Butter
- 10 Bärlauchblätter
- Saft einer $\frac{1}{2}$ Zitrone
- Salz, Pfeffer

- gewaschene Bärlauchblätter fein hacken
- unter die Butter rühren
- mit Salz, Pfeffer und Zitronensaft abschmecken

Sommer – ein Wachsgedicht schreiben

Wachsgedicht

1. **Zeile:** Nomen
2. **Zeile:** Ergänzung des Nomens mit einem weiteren Nomen mit passender Präposition
3. **Zeile:** Erweiterung durch ein vorangestelltes Adjektiv
4. **Zeile:** Ergänzung mit einem weiteren Nomen mit Adjektiv und dem Bindewort „und“
5. **Zeile:** Nomen von Zeile 1

1. Lest das Gedicht. Was fällt euch an dieser Gedichtform auf?
2. Schreibe selbst ein Wachsgedicht zum Thema Sommer. Trage es vor.
3. Zur Abkühlung könnt ihr im Sommer einen Schwamm-Staffellauf mit zwei Mannschaften durchführen.

Schwamm-Staffellauf

Ihr braucht:
- 4 Eimer
- 2 Schwämme
- eventuell Badekleidung

Vorbereitung:
- gleiche Wassermengen in 2 Eimer füllen
- Start- und Ziellinien in etwa 15 m Entfernung aufmalen
- gefüllte Wassereimer mit den Schwämmen vor die Startlinie stellen
- leere Wassereimer vor die Ziellinie stellen

Spielverlauf:
Die beiden Mannschaften stellen sich hinter der Startlinie auf. Nach dem Startsignal tauchen die ersten Läufer die Schwämme in die Eimer. Sobald sich die Schwämme vollgesogen haben, rennen die Läufer zu den leeren Eimern, drücken die Schwämme aus, rennen zurück und übergeben die Schwämme. Gewonnen hat diejenige Mannschaft, die am meisten Wasser im Eimer an der Ziellinie hat.

Sommer – lecker und lustig

Eiscreme – selbst gemacht

Du brauchst:
- 500 g reife Früchte (z. B. Erdbeeren)
- 250 ml Sahne
- 6 Esslöffel Honig

- Früchte waschen
- gewaschene Früchte mit dem Honig in einem Mixer pürieren
- Sahne steif schlagen
- geschlagene Sahne vorsichtig mit den pürierten Früchten vermischen
- Masse in eine Plastikdose füllen, mit einem Deckel verschließen und ins Gefrierfach stellen
- die Masse nach 1 Stunde sorgfältig umrühren, damit sich keine Eiskristalle bilden
- nach einer weiteren Stunde ist die Eiscreme fertig

1. Bereite selbst eine leckere Eiscreme zu.

2. Lernt das Lied auswendig und singt es vor.

Die vier Jahre geh'n zu Ende

Text: Rita Mölders / Dorothee Schröder
Melodie: Kontakte Musikverlag: Reinhard Horn

Herbst – Rätsel

1. Herbst ist wieder, tausend Blätter tanzen mit dem Wirbelwind.
   Tausend dürre Raschelblätter tanzen mit dem Wind.
   Hoiho, tralalalala, tanzen mit dem Wirbelwind.
   Hoiho, tralalalala, tanzen mit dem Wind.

Text und Melodie: Gerda Bächli
Musikverlag zum Pelikan, Hug & Co., Zürich

1. Singt das Lied und lernt den Text auswendig.
2. Was ist das?
   Kannst du die vier Rätsel lösen?
   Die Bilder auf der Seite helfen dir.

Der Wind zieht an den Haaren.
Zum Himmel steigen Scharen
– Hörst du die Kinder lachen? –
von selbst gebauten, bunten …

Er steht im Wald,
wenn's nicht zu kalt.
Ihm steht so gut
sein breiter Hut
aus braunem Filz.
Hallo, Herr …

Er bewegt sich um mich her
und raschelt im großen Blättermeer.
Er ist des weiten Himmels Kind.
Du ahnst es schon – es ist der …

Ich turne flink und munter
die Bäume rauf und runter.
Der Kobel heißt mein Haus.
Sieht wie 'ne Kugel aus.
Im Wald hab ich versteckt,
wenn mich der Hunger weckt,
die Früchte von der Eich'
wie heiße ich denn gleich?

3. Erfinde eigene Herbst-Rätsel.

Herbst – Herbstmädchen

Herbst-Tanka

Vögel ziehen weg.
Die Blätter fallen leise.
Drachen fliegen hoch.
Winde wehen übers Land.
Der Herbst ist angekommen.

Tanka

Ein Tanka ist eine alte japanische Gedichtform mit 31 Silben.

1. Zeile: 5 Silben
2. Zeile: 7 Silben
3. Zeile: 5 Silben
4. Zeile: 7 Silben
5. Zeile: 7 Silben

1. Schreibe selbst ein Herbst-Tanka.
   Gestalte ein Schmuckblatt.
2. Trage dein Gedicht vor.
3. Mit bunten Herbstblättern könnt ihr ein Herbstmädchen basteln.

Herbstmädchen

Du brauchst:
- Papier, Bleistift, Buntstifte
- gepresste Blätter in verschiedenen Farben und Größen
- Getreidehalme mit Ähren
- Gräser, Rispen
- Alleskleber

- Zeichne auf das Blatt den Umriss eines Mädchens mit einem weiten Rock.
- Gestalte das Gesicht mit den Buntstiften aus.
- Beklebe den Rock mit großen Blättern wie Dachziegel. Beginne am Saum.
- Klebe auf das Oberteil kleine Blätter in anderer Farbe. Verwende für die Arme lange, schmale Blätter.
- Nimm für die Haare Gräser oder kleine Rispen.
- Lege dem Mädchen z. B. einen Ährenstrauß oder Herbstblumen in die Arme. Klebe alles gut fest.

Winter – Akrostichon

Herr Winter stammt vom Kaukasus

1. Herr Winter stammt vom Kaukasus. Er ist ein alter Mann,
   hat einen Wickel um die Brust und sieben Mäntel an.
   Er hat seit tausend Jahren schon die Gicht im linken Bein.
   Drum webte man in seinen Thron zehn Katzenfelle ein.

2. Sein dicker Schal aus Wolle ist geschlungen um den Hals.
   Der Nordwind ist sein Leibgardist, der Westwind ebenfalls.
   Als starke Wachen schützen ihn der Raureif und der Frost.
   Auch machte er zum Paladin den strengen Wind aus Ost.

3. Herr Winter ist ein armer Mann, denn springt im warmen März
   der kecke junge Lenz heran, schleicht Angst ihm in das Herz.
   Ja, die Tyrannen sind nicht froh, Tyrannen sind verbittert.
   Sie selber zittern ebenso, wie man vor ihnen zittert.

Text: James Krüss
Melodie: Heinz Lemmermann
Fidula-Verlag, Boppard/Rhein

Kaukasus:
Gebirge zwischen Europa und Asien

Leibgardist:
Leibwächter

Paladin:
Freund und Berater eines Ritters

Lenz:
Frühling

1. Lest die Liedstrophen.
2. Singt das Lied und lernt es auswendig.

3. Schreibe selbst ein Akrostichon zu dem Wort „Winter".

Akrostichon

Ein Akrostichon ist eine griechische Gedichtform, bei der senkrecht gelesene Buchstaben am Zeilenanfang ein Wort ergeben.

Winter – Vogelfütterung

Futterglocke

Du brauchst:

- Blumentopf aus Ton (Durchmesser etwa 12 cm)
- 150 g Schweineschmalz
- Haferflocken
- Rosinen
- gehackte Nüsse
- Sonnenblumenkerne
- feste Schnur (etwa 1 m)
- 2 Stöckchen (5 cm, 30 cm)

- Lege die zwei Stöckchen zu einem Kreuz aufeinander und umwickle sie fest mit der Schnur.
- Stecke das Kreuz von unten durch das Loch im Blumentopf.
- Ziehe das Schnurende ebenfalls durch das Loch und knote eine Schlaufe.
- Knete in einer Schüssel zimmerwarmes Schmalz zusammen mit den übrigen Zutaten.
- Fülle die Futtermischung in den Blumentopf und drücke sie fest.
- Lege den Tontopf in die Kälte, bis das Schmalz fest ist. Nun kannst du die Futterglocke an einem Baum aufhängen.

1. Stellt selbst eine Futterglocke her. Welche Vögel besuchen den Futterplatz?

2. Finde weitere „Warum …?“-Fragen zum Thema „Tiere im Winter“ und beantworte sie.

Warum frieren Enten im Winter nicht auf dem Eis fest?

Wasservögel haben immer kalte Füße. Wären sie warm, würde das Eis unter ihren Füßen zunächst schmelzen. Sobald aber die Füße genügend abgekühlt wären, würden sie zusammen mit dem geschmolzenen Wasser auf dem Eis festfrieren.

Warum plustern sich Amseln im Winter zu einer Federkugel auf?

Vögel haben immer dieselbe Körpertemperatur. Bei Kälte plustern sie ihr Gefieder zu einer Kugel auf. Zwischen den Federn entstehen Luftpolster, die vor der Kälte schützen. Die Kugelform hat zudem die kleinste Oberfläche, sodass nur wenig Wärme verloren geht.

Miteinander sprechen – einander zuhören

Wenn wir miteinander sprechen, wenden wir uns einander zu.

- Ich spreche laut und deutlich.
- Ich bleibe beim Thema.
- Ich begründe meine Meinung.

- Ich höre meinem Partner aufmerksam zu.
- Ich unterbreche meinen Partner nicht.

Wenn wir uns austauschen, gehen wir auf den Beitrag des anderen ein.

- Ich beantworte die Fragen höflich und gehe auf die Vorschläge ein.

Ich meine, dass ...

- Ich stelle Fragen und mache Vorschläge.

Kannst du das genauer erklären?

Ich könnte mir vorstellen, dass ...

Meinst du, dass ...?

- Ich überdenke meinen Standpunkt und übernehme Vorschläge.

Ich finde deinen Vorschlag gut, weil ...

- Ich wiederhole mit meinen eigenen Worten.

Du meinst, dass ...

Ich finde interessant, dass ...

Kooperatives Lernen: Ich – Du – Wir

Ich: Alleine arbeiten

Bearbeite die Aufgabe selbstständig:
Hast du die Aufgabe verstanden?
Was kannst du?
Wo brauchst du Hilfe?

Du: Austauschen mit dem Partner

Sprecht über eure Ergebnisse und über offene Fragen. Helft euch gegenseitig. Einigt euch auf ein gemeinsames Ergebnis.

Gruppenarbeitsphase

Ihr könnt die Ergebnisse der Partnerarbeit zunächst in der Kleingruppe vorstellen und eine gemeinsame Präsentation erarbeiten.

Wir: Vorstellen in der Klasse

Stellt die Ergebnisse der Partner- oder Gruppenarbeit in der Klasse vor und sprecht darüber.
Erarbeitet ein gemeinsames Ergebnis.

Ein Lerngespräch führen

Lerngespräche helfen dir, dein Lernen zu verbessern.
Zur Vorbereitung kannst du die Einträge in deinem Lerntagebuch nachlesen.
So kann ein Lerngespräch ablaufen:

- Wie fandest du die Lernaufgabe oder deinen Lernweg?

- Welche Schwierigkeiten und Probleme hattest du?

- Was hast du bereits gelernt? Was kannst du gut?

- Welche Lern- und Übungsaufgaben können dir helfen?

- Bis wann möchtest du diese Aufgaben erledigt haben?

- Wie ging es dir bei diesem Gespräch?

1. Schaue dir mit einem Partner die einzelnen Gesprächsszenen an. Wie läuft ein Lerngespräch ab? Wie kannst du dich vorbereiten?
2. Spiele mit deinem Partner ein Lerngespräch. Benutzt dazu die Formulierungsvorschläge in den Sprechblasen.
3. Findet weitere Formulierungen.

Gespräche können so sein:

hilfreich,
ermutigend,
anregend,
unterstützend,
verwirrend,
entmutigend,
beleidigend,
abwertend ...

Gefühle können so sein:

bestätigt,
ermutigt,
verstanden,
missverstanden,
verunsichert,
unglücklich ...

Einen Vortrag halten

Die Schüler der Klasse 4c wollen einen Vortrag zum Thema Ritter halten.

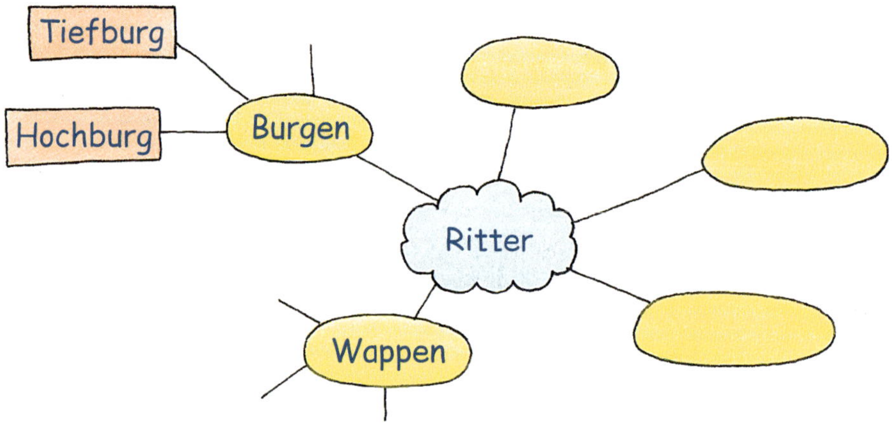

1. Erstelle eine Mindmap zum Thema.
2. Zu welchem Oberbegriff möchtest du einen Vortrag halten? Wähle aus.
3. Informiere dich über dein Thema in Sachbüchern, im Internet, in Wissenssendungen oder DVDs:
   - Kläre unbekannte Begriffe.
   - Schreibe das Wichtigste in Stichworten auf.
   - Sammle passende Bilder.

4. Schreibe deinen Vortrag auf Karteikarten:
   - Nummeriere die Karteikarten.
   - Stelle zuerst dein Thema vor.
   - Schreibe höchstens drei Sätze auf eine Karteikarte.
   - Markiere Schlüsselwörter.

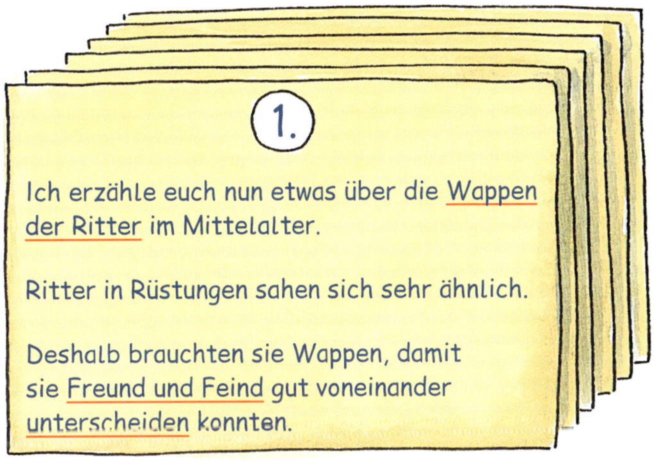

5. Übe deinen Vortrag zunächst alleine: Lerne die Sätze auf den Karteikarten auswendig, bis du sie flüssig vortragen kannst.

6. Halte den Vortrag vor einem Zuhörer und beachte die Tipps.
   Zeige während des Vortrags auf die Bilder, die du gesammelt hast.
   Dein Zuhörer gibt dir Rückmeldung:
   - Was war gut?
   - Worauf musst du achten?

   Wenn du möchtest, kannst du dich mit einem Handy aufnehmen lassen.

Tipps zur Aussprache
- Sprich laut und deutlich.
- Sprich nicht zu schnell.
- Mache eine Pause am Ende eines Satzes.

Tipps zur Körperhaltung
- Stelle dich ruhig vor die Zuhörer.
- Schau deine Zuhörer an.
- Halte die Karteikarten in Bauchhöhe.

7. Halte deinen Vortrag vor der Klasse.
   Beantworte im Anschluss die Fragen deiner Mitschüler.

Ein Buch vorstellen

Wähle ein Buch aus, das dir gut gefällt. Bereite die Buchvorstellung vor. Beachte dabei folgende Stichpunkte:

Allgemeine Informationen
- Autor
- Titel
- Verlag
- Seitenzahl

Handlung
- wichtige Figuren
- Ort
- Zeit
- kurze Inhaltsangabe

Auswahl einer Textstelle
- wichtig
- spannend

Vorlesen
- laut
- deutlich
- Pausen
- Betonung

Ich lese laut und deutlich vor. Ich betone wichtige Stellen und mache Pausen.

So kannst du dein Buch präsentieren.

- **Plakat**
  Fertige ein Plakat mit den allgemeinen Informationen und mit Informationen zur Handlung an. Achte auf eine gut lesbare und saubere Handschrift oder schreibe die Texte mit dem Computer.
  Du kannst das Plakat mit Zeichnungen, kopierten Illustrationen aus dem Buch oder passenden Bildern aus dem Internet gestalten.
- **Leseecke zu deinem Buch oder zum Autor**
  Du kannst die Leseecke mit weiteren Büchern des Autors, CDs, Hörbüchern, DVDs, Gegenständen aus dem Buch oder einem Steckbrief des Autors gestalten. Informiere dich im Internet auf der Homepage des Autors.
- **Präsentation der ausgewählten Textstellen**
  Du kannst die Textstelle vorlesen, deinen Lesevortrag aufnehmen und Geräusche und Musik einspielen oder in einen Drehbuchtext umschreiben und die Szene mit Partnern vorspielen.
- **Quiz oder Rätsel**
  Erstelle ein Rätsel oder ein Quiz zu deiner Buchvorstellung.

Richtig schreiben mit den Häuschen A B C

- Die deutschen Standardwörter sind zweisilbig.
- Die erste Silbe ist betont. Sie ist offen (mit einem lang gesprochenen Vokal) oder geschlossen (mit einem kurz gesprochenen Vokal).
- In der unbetonten zweiten Silbe steht ein „e“.
- Die zweisilbigen Formen zeigen die richtige Schreibung.
- Die Häuschen A, B und C regeln systematisch die Schreibung der Wörter mit „ie“, der Wörter mit Doppelkonsonanten (z. B. rennen), Auslautverhärtungen (b klingt wie p, d wie t und g wie k im Auslaut eines Wortes) und der Wörter mit dem silbentrennenden „h“ (z. B. gehen).

Häuschen A

Hase	offene 1. Silbe – langer Vokal
Wiese	ie in der offenen Silbe
Diebe – Dieb	Wortstamm bleibt erhalten
legen – legt	Auslautverhärtung (g klingt wie k)
gehen	silbentrennendes h als Starter der 2. Silbe
Füße – Fuß	nach langem Vokal ß am Wortende

Häuschen B

Kinder	geschlossene 1. Silbe – kurzer Vokal
Hunde – Hund	Auslautverhärtung (d klingt wie t)
Schran-ke	nach der geschlossenen Silbe kein ck
Ran-zen	nach geschlossener Silbe kein tz

Häuschen C

rennen	kurzer Vokal – Doppelkonsonant
rennen – rennt	Wortstamm bleibt erhalten
müssen – muss	nach kurzem Vokal ss am Wortende
reißen – riss	nach kurzem Vokal ss am Wortende
wissen – weiß	nach Zwielaut ß am Wortende
Katze	tz wie zz
backen	ck wie kk

Richtig schreiben üben

Wenn du einen Text üben möchtest, kannst du hier eine Diktatübungsform auswählen.
Schreibe den Text sauber und gut lesbar in dein Heft und lass immer eine Zeile frei.
So kannst du bei Fehlern die Wörter richtig darüberschreiben.

Partnerdiktat

- Wer liest den Text zuerst? Wer schreibt? Einige dich mit einem Partner.
- Lies den ganzen Text einmal vor.
- Diktiere die Sätze langsam und deutlich in Sinnabschnitten. Gib den Punkt am Satzende an.
- Lies den ganzen Text zum Schluss noch einmal vor.
- Nun hat dein Partner Zeit, eventuelle Fehler zu verbessern.
- Korrigiere den geschriebenen Text.

Dosendiktat

- Schreibe jeden Satz auf einen Streifen Papier.
- Nummeriere die Streifen.
- Lies den ersten Streifen und präge dir den Satz ein.
- Stecke den Streifen in die Dose.
- Schreibe den Satz auswendig auf.
- Wenn du alle Sätze geschrieben hast, hole alle Streifen aus der Dose und korrigiere.

Schleichdiktat

- Lege den Text an eine Stelle im Zimmer.
- Lies den ersten Satz und merke ihn dir gut.
- Schleiche an deinen Platz und schreibe den Satz auf.
- Wenn du alle Sätze geschrieben hast, vergleiche sie mit dem Text und korrigiere.

große
Es ist ~~grose~~ Pause.

Auf dem Schulhof
herrscht
~~herscht~~ Lärm.

So korrigierst du den Text:

- Vergleiche den geschriebenen Text genau mit der Textvorlage.
- Streiche alles sauber mit dem Lineal durch, was nicht richtig oder eindeutig lesbar ist.
- Schreibe die Wörter richtig darüber.
- Du kannst die Fehlerwörter auf Wortkarten schreiben und üben.

Mit dem Wörterbuch arbeiten

Das Wörterbuch oder die Wörterliste helfen dir, wenn du nicht weißt, wie ein Wort richtig geschrieben wird.

Die Wörter sind nach dem Alphabet geordnet.

Zusammengesetzte Nomen und Adjektive

Manche zusammengesetzten Nomen oder Adjektive findest du nicht im Wörterbuch. Du musst sie in die einzelnen Wörter zerlegen.

1. Zerlege die zusammengesetzten Wörter und schlage die einzelnen Wörter im Wörterbuch nach. Schreibe sie mit der Seitenzahl auf:

   Klettergarten: klettern, Seite ...
   der Garten, Seite ...

   nagelneu Engpass Wagenrad
   Hängebrücke putzmunter

Verben

Verben stehen im Wörterbuch oder in der Wörterliste immer in der Grundform, die Personalformen stehen dahinter.

2. Suche die Grundform im Wörterbuch und schreibe sie mit der Seitenzahl auf.

   schiebt hat erlaubt versteckte schien staunt

Wörter trennen

Am Zeilenende musst du manchmal Wörter trennen. Im Wörterbuch stehen zwischen den Silben senkrechte Striche. Beachte: Vokale dürfen nicht einzeln stehen.

3. Wie werden die folgenden Wörter getrennt? Schreibe sie mit Bindestrichen auf, vergleiche mit dem Wörterbuch und schreibe die Seitenzahl dazu:

   Fa-mi-lie: Fa|mi|lie, Seite ...
   mar-schie-ren: mar|schie|ren, Seite ...

   Feuerwehr Kommandant Papagei
   Sonnenblume fangen

Üben mit Wortkarten

Wörter auf Wortkarten schreiben

1. Sammle Wörter, die du schwierig findest.
   Schlage die Wörter im Wörterbuch nach.
2. Schreibe immer ein Wort sauber und gut lesbar
   auf eine Karte:
   - bei Nomen mit dem bestimmten Artikel
   - bei Verben die Grundform
   - bei Adjektiven nur das Adjektiv
3. Schreibe auf die Rückseite der Karte:
   - bei Nomen: – die Mehrzahl mit dem bestimmten Artikel
     – ein verwandtes Wort
   - bei Verben: – die er-Form in der Gegenwart
     – die er-Form in der 1. und in der 2. Vergangenheit
     – die er-Form in der Zukunft
   - bei Adjektiven: – die 1. und 2. Vergleichsstufe
4. Ordne die Wortkarten in das erste Fach der Lernbox ein.

Alleine üben mit den Wortkarten

1. Wähle zehn Wortkarten aus. Schaue die Vorderseite und die Rückseite der Wortkarte genau an und sprich in Silben.
2. Lege die Karte weg. Sprich in Silben und schreibe auf.
3. Vergleiche genau.
4. Ordne die Karte in die Lernbox ein:
   - Richtig geschriebene Wörter steckst du ein Fach weiter.
   - Falsch geschriebene Wörter bleiben in dem Fach, aus dem du sie genommen hast.

Gemeinsam üben mit den Wortkarten

- Gegenseitig abfragen:
  Ein Partner fragt und überprüft mit den Wortkarten, der andere antwortet.
- Gemeinsam sortieren:
  – nach Wortarten
  – alphabetisch
- Partnerdiktat: Ein Partner diktiert, der andere schreibt, dann wird gemeinsam überprüft.

Texte abschreiben und überprüfen

Im Unterricht musst du oft Texte abschreiben.
Die Texte sollen sauber und richtig geschrieben sein.
So gehst du vor:

- **Ganzen Text lesen**
  Lies zuerst den ganzen Text:
  Hast du alles verstanden?

- **Sätze lesen und in Abschnitte einteilen**
  Wenn du möchtest, kannst du einen Leseschieber oder ein Lineal unter die Zeilen legen, damit du nicht verrutschst.
  Lies den ersten Satz und teile ihn in sinnvolle Abschnitte mit drei oder vier Wörtern ein:
  Wo stehen schwierige Wörter?

- **Abschnitt einprägen**
  Präge dir den ersten Abschnitt ein:
  Was ist bei den einzelnen Wörtern schwierig?
  Wie kannst du die schwierigen Stellen erklären?

- **Abschnitt schreiben**
  Schreibe den Abschnitt auswendig auf. Sprich dabei leise die Wörter in Silben mit.
  Schreibe so die weiteren Abschnitte des Satzes und den restlichen Text ab.

- **Abgeschriebenen Text mit der Vorlage vergleichen**
  Vergleiche den Text genau mit der Vorlage.
  Berichtige die falsch geschriebenen Wörter.
  Was hast du beim Abschreiben nicht beachtet?

1. Schreibe den Text ab.

Im Herbst

Im Herbst werden die Tage kürzer.
Die Blätter färben sich bunt und fallen von den Bäumen.
Die Zugvögel sammeln sich und fliegen in Schwärmen in den Süden. Dachs und Igel bereiten sich auf den Winterschlaf vor.

2. Vergleiche den Text mit der Vorlage und berichtige die Fehler.

Schreibkonferenz

Bei der Schreibkonferenz stellst du deinen Text einer Gruppe von vier Schülern vor. Sie sind die Experten.

Verfasser

Der Verfasser liest seinen Text langsam, laut und deutlich vor.

Die Experten geben dir Rückmeldung und machen Überarbeitungsvorschläge.
Es gibt erzählende und informierende Texte. Die Experten prüfen auch, ob das Ereignis in einer Geschichte spannend erzählt ist, oder ob die Reihenfolge in einem Versuch stimmt.

Verständnis

- Was verstehe ich nicht?
- Passt der Text zur Überschrift?
- Wo sind Gedankensprünge?

Wortwahl

- Sind die Satzanfänge abwechslungsreich?
- Wird ein Wort häufig wiederholt?
- Gibt es ein treffenderes Wort?
- Ist die Zeitform passend?

Textaufbau

- Wie ist der Text aufgebaut?
- Sind alle Punkte der Checkliste berücksichtigt?

Die Checkliste erhaltet ihr von eurer Lehrerin. Ihr könnt auch eine eigene Checkliste mithilfe der Stichpunkte in den Schatztruhen erstellen.

Satzbau

- Fehlt ein Wort im Satz?
- Sind die Artikel richtig verwendet?
- Ist die Mehrzahl richtig gebildet?
- Steht das Prädikat im Satz an der richtigen Stelle?
- Sind passende Bindewörter verwendet?

So führt ihr eine Schreibkonferenz durch:

1. • Bestimmt die Experten.

2. • Lies deinen Text vor.
   • Jeder Experte macht Notizen und überlegt sich Überarbeitungsvorschläge.

3. • Jeder Experte sagt zuerst, was ihm gut gefällt.
   • Er liest vor, was ihm aufgefallen ist und gibt Tipps zum Überarbeiten.

4. • Markiere mit verschiedenen Farben die Stellen in deinem Text, die du ändern möchtest.

	Nach Atem ringend setzten sich
den	die Esel auf Boden. Ratlos blicken
blickten	sie sich an: „Was sollen wir tun?
können	Wie sollen wir das Futter errei-
	chen?" Gemeinsam fanden die Esel
	die Lösung: „Wir gehen zusammen
	zuerst zu dem einen Heuhaufen,
	dann zu dem anderen."

5. • Überprüft gemeinsam, ob die Wörter richtig geschrieben sind. Verwendet dazu das Wörterbuch oder das Internet.

6. • Überarbeite deinen Text.

7. • Gib den überarbeiteten Text deiner Lehrerin zur Kontrolle.

8. • Veröffentlicht eure Texte: Ihr könnt sie der ganzen Klasse vorlesen, mit dem Computer schreiben, gestalten und ein Geschichtenbuch herstellen.

Internet

WWW

Im Internet kannst du:

- Viele Informationen finden
- Bilder und Filme ansehen
- Dich mit anderen austauschen

Informationen finden

Informiere deine Eltern, bevor du das Internet nutzt.
Wenn du dich im Internet informieren willst, nutze immer eine Suchmaschine für Kinder und Jugendliche.
Ein Erwachsener kann dir dabei helfen die Suchmaschine zu finden, die dir am besten gefällt.
Schreibe in das Suchfeld einen oder mehrere Begriffe und klicke auf Suchen.

Im Internet findest du viele Informationen. Nicht alles, was im Internet steht, ist wahr.
So überprüfen wir, ob Informationen richtig sind:

- Ich suche die Information noch auf einer anderen Seite.
- Ich schaue auch auf andere Seiten, die mir die Suchmaschine genannt hat.
- Ich prüfe, ob mir die Internetseite bekannt ist.
- Bei wichtigen Fragen versuche ich die Antwort auch in Büchern zu finden oder mit Erwachsenen zu besprechen.

1. Wer hat bei der Fußballweltmeisterschaft 2016 die meisten Tore geschossen? Welche Suchbegriffe musst du in das Suchfeld eingeben? Probiere es aus.

Ball Fußball Torschützenkönig meiste Tore
Weltmeisterschaft 2016 Tore schießen
WM Ergebnisse Fußballweltmeisterschaft

2. Finde im Internet die Antworten auf folgende Fragen. Vergleicht eure Ergebnisse.

Wer war der erste Mensch auf dem Mond?

Wo stehen die Pyramiden?

Wie hoch ist das höchste Gebäude der Welt?

Bilder und Filme ansehen

Im Internet findest du viele Bilder, Filme und auch Spiele. Viele dieser Angebote sind kostenlos, viele müssen bezahlt werden und einige versuchen dich zu betrügen.

3. Lest die folgenden Situationen. Was dürft ihr anklicken? Sprecht darüber.

- Ich sehe viele Bilder meines Lieblingsstars, darauf steht „Jetzt kaufen".
- Bevor ich das Spiel starten kann, muss ich meine E-Mail-Adresse angeben und „Absenden" klicken.
- Auf der Webseite, auf der ich auch mit meinen Eltern Filme ansehe, ist ein neuer Film hinterlegt mit dem Symbol „Starten".

Dich mit anderen austauschen

Wir können uns in E-Mails, Chats und sozialen Netzwerken austauschen. So kommen wir in Kontakt mit bekannten und unbekannten Personen.

4. Was gilt im Internet? Besprecht euch.

- Im Internet kann ich alles mitteilen.
- Wenn ich die andere Person nicht kenne, muss ich nicht höflich sein.
- Ich bin misstrauisch, wenn andere Personen etwas über mich wissen wollen.
- Wenn jemand meine Adresse und Telefonnummer haben möchte, gebe ich sie ihm sofort.
- Ich schreibe nichts Schlechtes über andere Personen.

Wichtige Regeln online

- Nutze Kinder-Suchmaschinen, die dir sichere Seiten anbieten.
- Klicke nicht vorschnell und unüberlegt.
- Gib keiner fremden Person deine E-Mail, deinen Namen oder deine Adresse und triff dich nicht mit Personen, die du nur aus dem Internet kennst.
- Sei auch gegenüber unbekannten Personen freundlich und höflich, aber auch vorsichtig.
- Hole deine Eltern oder Lehrer zu Hilfe, wenn dir etwas komisch vorkommt.

Grundwortschatz

A a

ab
der **Abend**, die Abende
abends
das **Abenteuer***, die Abenteuer
aber*
der **Abschied***, die Abschiede
der **Absender***, die Absender
addieren*, er addiert, er addierte, er hat addiert
die **Adresse***, die Adressen
alle* – allen – alle
alles* – allem – alles
als*
alt, älter als, am ältesten
am
an
anbieten*, er bietet an, er bot an, er hat angeboten
andächtig*, andächtiger als, am andächtigsten
angenehm*, angenehmer als, am angenehmsten
die **Angst***, die Ängste
ängstlich*, ängstlicher als, am ängstlichsten
anschließend*
applaudieren*, er applaudiert, er applaudierte, er hat applaudiert
der **Apfel***, die Äpfel
der **Ärger***
ärgerlich*, ärgerlicher als, am ärgerlichsten
arm*, ärmer als, am ärmsten
der **Arm**, die Arme
der **Arzt**, die Ärzte
der **Ast**, die Äste
auch*
auf*
aufessen*, er isst auf, er aß auf, er hat aufgegessen
aufgebracht*, aufgebrachter als, am aufgebrachtesten
aufmerksam*, aufmerksamer als, am aufmerksamsten
die **Aufnahme***, die Aufnahmen
aufräumen*, er räumt auf, er räumte auf, er hat aufgeräumt
aufschneiden*, er schneidet auf, er schnitt auf, er hat aufgeschnitten
aus*
der **Ausflug***, die Ausflüge
außer

B b

das **Baby***, die Babys
backen, er backt, er backte, er hat gebacken
der **Bäcker**, die Bäcker
die **Bäckerei***, die Bäckereien
die **Bahn***, die Bahnen
der **Bahnhof***, die Bahnhöfe
bald*
der **Ball***, die Bälle
das **Band**, die Bänder
beben*, er bebt, er bebte, er hat gebebt
bedeutend*, bedeutender als, am bedeutendsten
die **Beere***, die Beeren
das **Beet***, die Beete
der **Befehl***, die Befehle
befehlen*, er befiehlt, er befahl, er hat befohlen
beginnen*, er beginnt, er begann, er hat begonnen
begleiten*, er begleitet, er begleitete, er hat begleitet
begrüßen*, er begrüßt, er begrüßte, er hat begrüßt
die **Begrüßung***, die Begrüßungen
der **Behälter***, die Behälter
behaupten*, er behauptet, er behauptete, er hat behauptet
bei*
der **Beifall***
das **Beispiel**, die Beispiele
der **Berg**, die Berge
bergauf*
berühmt*, berühmter als, am berühmtesten
beschließen*, er beschließt, er beschloss, er hat beschlossen
besonders*
das **Besteck***, die Bestecke
bestimmen*, er bestimmt, er bestimmte, er hat bestimmt
betreten*, er betritt, er betrat, er hat betreten
betreuen*, er betreut, er betreute, er hat betreut
das **Bett***, die Betten
der **Beutel***, die Beutel
das **Bild***, die Bilder
billig*, billiger als, am billigsten
die **Birne***, die Birnen
bis
das **Blatt***, die Blätter
bleiben, er bleibt, er blieb, er ist geblieben
der **Blick***, die Blicke
blicken*, er blickt, er blickte, er hat geblickt
blind*
der **Blitz***, die Blitze
blitzschnell*
der **Block***, die Blöcke
bloß*
blühen, er blüht, er blühte, er hat geblüht
die **Blüte***, die Blüten
der **Boden**, die Böden

das **Boot***, die Boote
boxen*, er boxt, er boxte, er hat geboxt
der **Brand***, die Brände
brav*, braver als, am bravsten
brennen*, er brennt, er brannte, er hat gebrannt
der **Brief**, die Briefe
das **Brot***, die Brote
bunt*, bunter als, am buntesten
die **Burg***, die Burgen

C c

der **Cent**, die Cents
der **Chor**, die Chöre
der **Christ**, die Christen
der **Clown**, die Clowns
der **Computer**, die Computer

D d

da*
damit*
danach*
dann
das – dem – das
dass*
dehnen*, er dehnt, er dehnte, er hat gedehnt
dein – deine – deinem – deinen
der – dem – den
dichten*, er dichtet, er dichtete, er hat gedichtet
die – der – die
der **Dienstag***, die Dienstage
dieser – diese – diesem – diesen
das **Ding**, die Dinge
doch
der **Donner***, die Donner
donnern*, er donnert, er donnerte, er hat gedonnert
der **Donnerstag***, die Donnerstage
das **Dorf**, die Dörfer
dort
draußen
dreckig*, dreckiger als, am dreckigsten
drehen, er dreht, er drehte, er hat gedreht
dressieren*, er dressiert, er dressierte, er hat dressiert
drücken*, er drückt, er drückte, er hat gedrückt
dumm, dümmer als, am dümmsten
dunkel*, dunkler als, am dunkelsten
dunkelgrün*

E e

die **Ehrlichkeit***
das **Ei***, die Eier
ein – eine – einem – einen
einflößen*, er flößt ein, er flößte ein, er hat eingeflößt
der **Eingang***, die Eingänge
eingießen*, er gießt ein, er goss ein, er hat eingegossen
die **Einkaufsliste***, die Einkaufslisten
einladen*, er lädt ein, er lud ein, er hat eingeladen
die **Einladung***, die Einladungen
einmal*
das **Eis***
die **Eltern**
die **E-Mail***, die E-Mails
der **Empfänger***, die Empfänger
empfehlen*, er empfiehlt, er empfahl, er hat empfohlen
empfinden, er empfindet, er empfand, er hat empfunden
endlich*
eng*, enger als, am engsten
entdecken*, er entdeckt, er entdeckte, er hat entdeckt
die **Entdeckung***, die Entdeckungen
entscheiden*, er entscheidet, er entschied, er hat entschieden
entschuldigen*, er entschuldigt, er entschuldigte, er hat entschuldigt
die **Entschuldigung***, die Entschuldigungen
entwerfen*, er entwirft, er entwarf, er hat entworfen
die **Erde**, die Erden
der **Erfinder***, die Erfinder
die **Erfindung***, die Erfindungen
die **Erinnerung***, die Erinnerungen
erkälten*, er erkältet sich, er erkältete sich, er hat sich erkältet
erklären*, er erklärt, er erklärte, er hat erklärt
erlauben, er erlaubt, er erlaubte, er hat erlaubt
die **Ernährung**, die Ernährungen
erschrecken*, er erschrickt, er erschrak, er ist erschrocken
erst
erwidern*, er erwidert, er erwiderte, er hat erwidert
erzählen, er erzählt, er erzählte, er hat erzählt
die **Erzählung***, die Erzählungen
die **Erzieherin***, die Erzieherinnen
essen, er isst, er aß, er hat gegessen
etwas
euer – eure – eurem – euren
existieren*, er existiert, er existierte, er hat existiert

experimentieren*, er experimentiert, er experimentierte, er hat experimentiert

F f

die **Fabrik***, die Fabriken
die **Fahne***, die Fahnen
fahren, er fährt, er fuhr, er ist gefahren
das **Fahrrad***, die Fahrräder
die **Fahrt***, die Fahrten
das **Fahrzeug***, die Fahrzeuge
fallen, er fällt, er fiel, er ist gefallen
die **Familie**, die Familien
fangen*, er fängt, er fing, er hat gefangen
fegen*, er fegt, er fegte, er hat gefegt
fehlen*, er fehlt, er fehlte, er hat gefehlt
der **Fehler***, die Fehler
der **Feind***, die Feinde
die **Ferien***
das **Fernrohr***, die Fernrohre
fertig*
die **Feuerwehr***, die Feuerwehren
finden*, er findet, er fand, er hat gefunden
der **Finger**, die Finger
der **Fisch**, die Fische
die **Flamme***, die Flammen
die **Flasche**, die Flaschen
fliehen, er flieht, er floh, er ist geflohen
fließen*, er fließt, er floss, er ist geflossen
der **Flug***, die Flüge
der **Fluss***, die Flüsse
der **Freitag**, die Freitage
freiwillig*
fremd, fremder als, am fremdesten
freuen*, er freut sich, er freute sich, er hat sich gefreut
die **Freude***, die Freuden
der **Freund***, die Freunde
freundlich*, freundlicher als, am freundlichsten
der **Frieden***
frisieren*, er frisiert, er frisierte, er hat frisiert
froh*, froher als, am frohesten
fröhlich*, fröhlicher als, am fröhlichsten
der **Fruchtsaft***, die Fruchtsäfte
das **Frühstück***, die Frühstücke
der **Fuchs**, die Füchse
fühlen*, er fühlt, er fühlte, er hat gefühlt
führen*, er führt, er führte, er hat geführt
der **Fuß***, die Füße
der **Fußball***, die Fußbälle

G g

gähnen*, er gähnt, er gähnte, er hat gegähnt
galoppieren*, er galoppiert, er galoppierte, er ist galoppiert
ganz – ganzem – ganzen
die **Gasse***, die Gassen
der **Gast***, die Gäste
das **Gebäude***, die Gebäude
geben, er gibt, er gab, er hat gegeben
der **Geburtstag***, die Geburtstage
die **Gefahr***, die Gefahren
gefallen*, er gefällt, er gefiel, er hat gefallen
das **Gefieder***, die Gefieder
gegen
der **Gegenstand***, die Gegenstände
gehen, er geht, er ging, er ist gegangen
gehören, er gehört, er gehörte, er hat gehört
das **Geld**, die Gelder
gelehrt, gelehrter als, am gelehrtesten
das **Gemälde***, die Gemälde
genau, genauer als, am genauesten
genial*, genialer als, am genialsten
genießen*, er genießt, er genoss, er hat genossen
gerade, gerader als, am geradesten
das **Geräusch***, die Geräusche
gern, lieber als, am liebsten
die **Geschichte**, die Geschichten
das **Geschirr***, die Geschirre
die **Geschwindigkeit***, die Geschwindigkeiten
das **Geschwister***, die Geschwister
das **Gesicht**, die Gesichter
das **Gespräch**, die Gespräche
gestern
das **Getränk***, die Getränke
das **Gewand***, die Gewänder
gewinnen*, er gewinnt, er gewann, er hat gewonnen
das **Gewitter***, die Gewitter
das **Gewürz***, die Gewürze
gießen*, er gießt, er goss, er hat gegossen
glänzend*, glänzender als, am glänzendsten
glasklar*
glatt*, glatter als, am glattesten
gleich
gleichmäßig*, gleichmäßiger als, am gleichmäßigsten
das **Glück**
glücklich, glücklicher als, am glücklichsten
greifen*, er greift, er griff, er hat gegriffen
groß*, größer als, am größten

* Wort nicht im Grundwortschatz LehrplanPLUS enthalten

	großartig*, großartiger als, am großartigsten
die	**Gruppe***, die Gruppen
der	**Gruß***, die Grüße
die	**Gurke***, die Gurken

H h

das	**Haar**, die Haare
	haben*, er hat, er hatte, er hat gehabt
der	**Hai***, die Haie
der	**Haken***, die Haken
die	**Hälfte***, die Hälften
der	**Hals**, die Hälse
	halten, er hält, er hielt, er hat gehalten
die	**Hand**, die Hände
das	**Handy**, die Handys
	häufig*, häufiger als, am häufigsten
	heiß*, heißer als, am heißesten
	heißen, er heißt, er hieß, er hat geheißen
die	**Heizung***, die Heizungen
	helfen, er hilft, er half, er hat geholfen
	herrschen*, er herrscht, er herrschte, er hat geherrscht
das	**Herz***, die Herzen
	heute
die	**Hexe***, die Hexen
	hier
	hilflos*, hilfloser als, am hilflosesten
	hin
	hoch*, höher als, am höchsten
	höchstens*
die	**Höhle***, die Höhlen
	holprig*, holpriger als, am holprigsten
das	**Holz***, die Hölzer
das	**Huhn***, die Hühner
der	**Hund***, die Hunde
der	**Hunger***
	hüpfen, er hüpft, er hüpfte, er ist gehüpft

I i

die	**Idee***, die Ideen
	ihm
	ihn
	ihr – ihre – ihrem – ihren – ihr
	ihre*
	im
	immer
	impfen*, er impft, er impfte, er hat geimpft
	in
die	**Information***, die Informationen
	informieren*, er informiert, er informierte, er hat informiert
	ins
die	**Insel***, die Inseln
	interessant*, interessanter als, am interessantesten
	interessieren*, er interessiert sich, er interessierte sich, er hat sich interessiert

J j

das	**Jahr***, die Jahre
das	**Jahrhundert***, die Jahrhunderte
	jeder – jede – jedem – jeden
	jetzt*

K k

der	**Käfer**, die Käfer
der	**Käfig**, die Käfige
der	**Kaiser***, die Kaiser
	kalt*, kälter als, am kältesten
der	**Kamerad***, die Kameraden
der	**Kamm**, die Kämme
	kämpfen*, er kämpft, er kämpfte, er hat gekämpft
der	**Kanal***, die Kanäle
das	**Känguru***, die Kängurus
der	**Käse***, die Käse
der	**Käsewürfel***, die Käsewürfel
der	**Kasten***, die Kästen
die	**Katze***, die Katzen
	kaufen, er kauft, er kaufte, er hat gekauft
	kehren*, er kehrt, er kehrte, er hat gekehrt
	kein – keine – keinem – keinen
	kennen*, er kennt, er kannte, er hat gekannt
der	**Kilometer***, die Kilometer
das	**Kind***, die Kinder
das	**Kino***, die Kinos
die	**Klasse***, die Klassen
	kleben*, er klebt, er klebte, er hat geklebt
der	**Klecks***, die Kleckse
das	**Kleid***, die Kleider
der	**Kloß***, die Klöße
	kommen, er kommt, er kam, er ist gekommen
	können, er kann, er konnte, er hat gekonnt
	kontrollieren*, er kontrolliert, er kontrollierte, er hat kontrolliert
	konstruieren*, er konstruiert, er konstruierte, er hat konstruiert
der	**Kopf***, die Köpfe
	kopieren*, er kopiert, er kopierte, er hat kopiert
die	**Kraft***, die Kräfte
	kräftigen*, er kräftigt, er kräftigte, er hat gekräftigt
	krank*, kränker als, am kränksten

* Wort nicht im Grundwortschatz LehrplanPLUS enthalten

das **Kreuz***, die Kreuze
der **Krieg***, die Kriege
die **Kuh**, die Kühe
kühl*, kühler als, am kühlsten
kühlen*, er kühlt, er kühlte, er hat gekühlt
der **Künstler***, die Künstler
kurz, kürzer als, am kürzesten

L l

lachen, er lacht, er lachte, er hat gelacht
der **Lachs***, die Lachse
lahm*, lahmer als, am lahmsten
der **Laib**, die Laibe
das **Land**, die Länder
lang, länger als, am längsten
die **Länge***, die Längen
langweilig*, langweiliger als, am langweiligsten
der **Lärm***
lassen, er lässt, er ließ, er hat gelassen
laufen, er läuft, er lief, er ist gelaufen
der **Läufer***, die Läufer
die **Lawine***, die Lawinen
leben*, er lebt, er lebte, er hat gelebt
der **Lebensraum***, die Lebensräume
lecker*, leckerer als, am leckersten
leer*
legen*, er legt, er legte, er hat gelegt
die **Lehre***, die Lehren
lehren*, er lehrt, er lehrte, er hat gelehrt
der **Lehrer***, die Lehrer
leider*
lernen*, er lernt, er lernte, er hat gelernt
lesen, er liest, er las, er hat gelesen
letzter* – letzte – letztem – letzten
die **Leute***
das **Licht**, die Lichter
lieben, er liebt, er liebte, er hat geliebt
der **Liebling***, die Lieblinge
liegen, er liegt, er lag, er hat gelegen
das **Lineal***, die Lineale
links
loben*, er lobt, er lobte, er hat gelobt
das **Loch**, die Löcher
der **Lohn***, die Löhne
die **Luft**, die Lüfte
lustig*, lustiger als, am lustigsten

M m

machen, er macht, er machte, er hat gemacht
mächtig*, mächtiger als, am mächtigsten
das **Mädchen***, die Mädchen
der **Mai***
der **Maler***, die Maler
man
die **Mandarine***, die Mandarinen
der **Mann**, die Männer
die **Mannschaft***, die Mannschaften
das **Märchen**, die Märchen
die **Margarine***, die Margarinen
die **Marmelade***, die Marmeladen
marschieren*, er marschiert, er marschierte, er ist marschiert
die **Maschine**, die Maschinen
das **Material***, die Materialien
die **Maus***, die Mäuse
das **Meer**, die Meere
mehr*
die **Mehrheit***, die Mehrheiten
mein – meine – meinem – meinen
meinen*, er meint, er meinte, er hat gemeint
die **Meinung***, die Meinungen
melden*, er meldet, er meldete, er hat gemeldet
der **Mensch**, die Menschen
merken, er merkt, er merkte, er hat gemerkt
mich – mir – mich
die **Miete***, die Mieten
die **Milch**
mild*, milder als, am mildesten
mir
misstrauisch*, misstrauischer als, am misstrauischsten
mit*
das **Mittagessen***, die Mittagessen
der **Mittwoch***, die Mittwoche
mixen*, er mixt, er mixte, er hat gemixt
die **Möglichkeit***, die Möglichkeiten
der **Montag***, die Montage
das **Moor***, die Moore
das **Moos***, die Moose
morgen
das **Museum***, die Museen
müssen, er muss, er musste, er hat gemusst

N n

nach*
der **Nachbar***, die Nachbarn
die **Nachbarschaft***, die Nachbarschaften
der **Nachmittag***, die Nachmittage
die **Nachricht***, die Nachrichten
nächster* – nächste – nächstem – nächsten
die **Nacht**, die Nächte
der **Nagel***, die Nägel
nahe*, näher als, am nächsten
nähen*, er näht, er nähte, er hat genäht
die **Nahrung**, die Nahrungen
nämlich
die **Nase**, die Nasen
natürlich*

* Wort nicht im Grundwortschatz LehrplanPLUS enthalten

neben
nehmen*, er nimmt, er nahm, er hat genommen
nett*, netter als, am nettesten
neu, neuer als, am neuesten
neugierig*, neugieriger als, am neugierigsten
nicht
nichts
nicken, er nickt, er nickte, er hat genickt
nie
niederlassen*, er lässt sich nieder, er ließ sich nieder, er hat sich niedergelassen
niemals
niemand* – niemandem – niemanden
nirgends*
noch*
nördlich*, nördlicher als, am nördlichsten
der **Notfall***, die Notfälle
nur
die **Nuss***, die Nüsse

O o

ob
oben
das **Obst***
obwohl*
öffnen*, er öffnet, er öffnete, er hat geöffnet
oft
ohne*
das **Ohr***, die Ohren
operieren*, er operiert, er operierte, er hat operiert
organisieren*, er organisiert, er organisierte, er hat organisiert

P p

paar*
das **Paar***, die Paare
der **Park***, die Parks
pfeifen*, er pfeift, er pfiff, er hat gepfiffen
pfeilschnell*
das **Pferd***, die Pferde
die **Pflanze***, die Pflanzen
das **Pflaster***, die Pflaster
die **Pflaume***, die Pflaumen
die **Pfütze**, die Pfützen
die **Pizza**, die Pizzen
der **Plan***, die Pläne
planen*, er plant, er plante, er hat geplant
der **Platz**, die Plätze
plötzlich
der **Polizist***, die Polizisten
das **Pony**, die Ponys
prächtig*, prächtiger als, am prächtigsten
prall*, praller als, am prallsten
prellen*, er prellt, er prellte, er hat geprellt
probieren*, er probiert, er probierte, er hat probiert
das **Problem***, die Probleme
das **Produkt**, die Produkte
protokollieren*, er protokolliert, er protokollierte, er hat protokolliert
die **Pyramide***, die Pyramiden

Q q

das **Quadrat***, die Quadrate
quaken*, er quakt, er quakte, er hat gequakt
quälen*, er quält, er quälte, er hat gequält
der **Quark***
der **Quatsch***
die **Quelle***, die Quellen

R r

das **Rad**, die Räder
das **Radio***, die Radios
der **Ranger***, die Ranger
der **Räuber***, die Räuber
das **Raubtier***, die Raubtiere
die **Rechnung***, die Rechnungen
regieren*, er regiert, er regierte, er hat regiert
das **Reh***, die Rehe
reich, reicher als, am reichsten
die **Reihe***, die Reihen
reiten, er reitet, er ritt, er ist geritten
reißen*, er reißt, er riss, er hat gerissen
rennen*, er rennt, er rannte, er ist gerannt
reparieren*, er repariert, er reparierte, er hat repariert
die **Rettung***, die Rettungen
riechen, er riecht, er roch, er hat gerochen
der **Ritter***, die Ritter
rollen*, er rollt, er rollte, er ist gerollt
die **Rosine***, die Rosinen
der **Rucksack***, die Rucksäcke
rufen, er ruft, er rief, er hat gerufen
ruhen*, er ruht, er ruhte, er hat geruht
rund, runder als, am rundesten

* Wort nicht im Grundwortschatz LehrplanPLUS enthalten

S s

der **Saal***, die Säle
die **Saat***, die Saaten
die **Sache**, die Sachen
der **Saft**, die Säfte
sagen*, er sagt, er sagte, er hat gesagt
der **Samstag***, die Samstage
der **Sanitäter***, die Sanitäter
die **Sängerin***, die Sängerinnen
der **Schädling***, die Schädlinge
der **Schall***, die Schalle
schalten*, er schaltet, er schaltete, er hat geschaltet
scheinen, er scheint, er schien, er hat geschienen
schenken, er schenkt, er schenkte, er hat geschenkt
die **Scheune***, die Scheunen
schieben, er schiebt, er schob, er hat geschoben
schießen*, er schießt, er schoss, er hat geschossen
schimpfen*, er schimpft, er schimpfte, er hat geschimpft
schlafen, er schläft, er schlief, er hat geschlafen
der **Schlauch***, die Schläuche
schlecht, schlechter als, am schlechtesten
schließen*, er schließt, er schloss, er hat geschlossen
schließlich*
schlimm, schlimmer als, am schlimmsten
das **Schloss***, die Schlösser
der **Schluss***, die Schlüsse
schmal*, schmaler als, am schmalsten
schmecken*, er schmeckt, er schmeckte, er hat geschmeckt
der **Schmerz***, die Schmerzen
der **Schmuck***
der **Schmutz***
der **Schnee**
schneiden, er schneidet, er schnitt, er hat geschnitten
schnell, schneller als, am schnellsten
schon*
schrauben*, er schraubt, er schraubte, er hat geschraubt
der **Schreck**, die Schrecke
schrecklich*, schrecklicher als, am schrecklichsten
der **Schrei***, die Schreie
schreiben, er schreibt, er schrieb, er hat geschrieben
die **Schrift***, die Schriften
der **Schuh**, die Schuhe
die **Schülerin***, die Schülerinnen
das **Schuljahr***, die Schuljahre
schütteln*, er schüttelt, er schüttelte, er hat geschüttelt
schützen, er schützt, er schützte, er hat geschützt
schwarz*
schwer, schwerer als, am schwersten
schwierig, schwieriger als, am schwierigsten
das **Schwimmbad***, die Schwimmbäder
schwimmen, er schwimmt, er schwamm, er ist geschwommen
schwitzen*, er schwitzt, er schwitzte, er hat geschwitzt
sechs
der **See**, die Seen
sehen, er sieht, er sah, er hat gesehen
sehr
sein*, er ist, er war, er ist gewesen
sein – seine – seinem – seinen
seit
die **Seite**, die Seiten
die **Sendung***, die Sendungen
sich*
das **Sieb***, die Siebe
der **Sieger***, die Sieger
singen, er singt, er sang, er hat gesungen
sitzen, er sitzt, er saß, er hat gesessen
die **Skizze**, die Skizzen
so*
sofort
der **Sohn***, die Söhne
sonnig*, sonniger als, am sonnigsten
die **Sonne***, die Sonnen
der **Sonntag***, die Sonntage
sorgfältig*, sorgfältiger als, am sorgfältigsten
spannen*, er spannt, er spannte, er hat gespannt
der **Spaß***, die Späße
spät*, später als, am spätesten
spazieren*, er spaziert, er spazierte, er ist spaziert
der **Spaziergang***, die Spaziergänge
der **Spiegel***, die Spiegel
das **Spiel***, die Spiele
spielen*, er spielt, er spielte, er hat gespielt
der **Spieler***, die Spieler
spitz*, spitzer als, am spitzesten
die **Sprache***, die Sprachen
sprechen, er spricht, er sprach, er hat gesprochen
springen, er springt, er sprang, er ist gesprungen
der **Sprung***, die Sprünge
die **Stadt**, die Städte
der **Stand***, die Stände
stark, stärker als, am stärksten
staunen*, er staunt, er staunte, er hat gestaunt
stehen, er steht, er stand, er hat gestanden

* Wort nicht im Grundwortschatz LehrplanPLUS enthalten

stehlen*, er stiehlt, er stahl, er hat gestohlen
steigen, er steigt, er stieg, er ist gestiegen
der **Stein**, die Steine
stellen, er stellt, er stellte, er hat gestellt
sterben*, er stirbt, er starb, er ist gestorben
der **Stern***, die Sterne
das **Steuer***, die Steuer
der **Stiel***, die Stiele
still*, stiller als, am stillsten
stolpern*, er stolpert, er stolperte, er ist gestolpert
stoßen*, er stößt, er stieß, er hat gestoßen
der **Strand***, die Strände
die **Straße**, die Straßen
der **Streit***
streiten*, er streitet, er stritt, er hat gestritten
das **Stück**, die Stücke
der **Stuhl***, die Stühle
der **Sturm***, die Stürme
stutzen*, er stutzt, er stutzte, er hat gestutzt
südlich*
der **Supermarkt***, die Supermärkte

T t

der **Tag***, die Tage
tanken, er tankt, er tankte, er hat getankt
die **Tasche**, die Taschen
das **Taxi**, die Taxis
der **Tee***, die Tees
die **Temperatur***, die Temperaturen
der **Text**, die Texte
das **Thermometer***, die Thermometer
der **Thron***, die Throne
tief, tiefer als, am tiefsten
das **Tier**, die Tiere
die **Tierärztin***, die Tierärztinnen
der **Tierpfleger***, die Tierpfleger
der **Tiger**, die Tiger
der **Titel**, die Titel
toben*, er tobt, er tobte, er hat getobt
der **Tod***, die Tode
das **Tor***, die Tore
die **Torte***, die Torten
tragen, er trägt, er trug, er hat getragen
die **Trainerin***, die Trainerinnen
die **Trauer***
träumen*, er träumt, er träumte, er hat geträumt
traurig*, trauriger als, am traurigsten
treffen*, er trifft, er traf, er hat getroffen
die **Treppe***, die Treppen
trinken, er trinkt, er trank, er hat getrunken
trotzdem*
tun*, er tut, er tat, er hat getan
das **Turnier***, die Turniere
die **Tür**, die Türen

U u

über*
der **Überfall***, die Überfälle
die **Uhr***, die Uhren
um*
umkehren*, er kehrt um, er kehrte um, er ist umgekehrt
der **Umweltschutz***
und*
das **Unglück***, die Unglücke
unser – unsere – unserem – unseren
der **Urlaub***, die Urlaube

V v

sich **verabschieden***, er verabschiedet sich, er verabschiedete sich, er hat sich verabschiedet
verändern*, er verändert, er veränderte, er hat verändert
verbieten*, er verbietet, er verbot, er hat verboten
verdienen*, er verdient, er verdiente, er hat verdient
die **Vereinbarung***, die Vereinbarungen
vergessen, er vergisst, er vergaß, er hat vergessen
der **Verkäufer**, die Verkäufer
die **Verkäuferin***, die Verkäuferinnen
verlassen*, er verlässt, er verließ, er hat verlassen
verlieren, er verliert, er verlor, er hat verloren
verschieden*
das **Versteck***, die Verstecke
verstecken, er versteckt, er versteckte, er hat versteckt
verstehen, er versteht, er verstand, er hat verstanden
verteilen*, er verteilt, er verteilte, er hat verteilt
verwandt
verzweifelt, verzweifelter als, am verzweifeltsten
viel, mehr als, am meisten
viele* – vielen – vielen
vielleicht
vier
das **Virus***, die Viren
das **Vitamin***, die Vitamine
der **Vogel***, die Vögel

	voll, voller als, am vollsten
das	**Volk***, die Völker
	vom
	von
	vor*
	vorbereiten*, er bereitet vor, er bereitete vor, er hat vorbereitet
die	**Vorfahrt***, die Vorfahrten
der	**Vorgänger***, die Vorgänger
der	**Vormittag***, die Vormittage
der	**Vorschlag***, die Vorschläge
	vorsichtig*, vorsichtiger als, am vorsichtigsten

W w

der	**Wagen**, die Wagen
	wählen*, er wählt, er wählte, er hat gewählt
	wahr
der	**Wald**, die Wälder
die	**Wand***, die Wände
die	**Wanderung***, die Wanderungen
	wann
die	**Ware**, die Waren
	warm*, wärmer als, am wärmsten
	warum
	waschen*, er wäscht, er wusch, er hat gewaschen
	wechseln*, er wechselt, er wechselte, er hat gewechselt
	weg*
der	**Weg***, die Wege
	wegfliegen*, er fliegt weg, er flog weg, er ist weggeflogen
	wehen*, er weht, er wehte, er hat geweht
	weil*
	weinen, er weint, er weinte, er hat geweint
	weiß*
	welcher – welche – welchem – welchen
	weltbekannt*
	wem
	wen
	wenig, weniger als, am wenigsten
	wenn*
die	**Werbung***, die Werbungen
	werden, er wird, er wurde, er ist geworden
	werfen, er wirft, er warf, er hat geworfen
das	**Wetter***, die Wetter
	wie
	wieder
	wiegen*, er wiegt, er wog, er hat gewogen
	wild*, wilder als, am wildesten
der	**Wind***, die Winde
	windig*, windiger als, am windigsten
	wirklich*
	wissen*, er weiß, er wusste, er hat gewusst
	witzig*, witziger als, am witzigsten
die	**Woche**, die Wochen
	wohnen*, er wohnt, er wohnte, er hat gewohnt
die	**Wohnung***, die Wohnungen
	wollen*, er will, er wollte, er hat gewollt
	wolkig*, wolkiger als, am wolkigsten
die	**Wucht***
die	**Wurst**, die Würste
die	**Wurzel***, die Wurzeln
die	**Wut***

Z z

die	**Zahl***, die Zahlen
	zahlen*, er zahlt, er zahlte, er hat gezahlt
	zählen*, er zählt, er zählte, er hat gezählt
der	**Zeh**, die Zehen
	zehn
die	**Zeichnung***, die Zeichnungen
die	**Zeitschrift***, die Zeitschriften
die	**Zeitung**, die Zeitungen
das	**Zelt***, die Zelte
das	**Zeugnis**, die Zeugnisse
	ziehen, er zieht, er zog, er hat gezogen
	zielen, er zielt, er zielte, er hat gezielt
das	**Zimmer**, die Zimmer
der	**Zirkel***, die Zirkel
die	**Zitrone***, die Zitronen
der	**Zoo***, die Zoos
	zu
	zuerst*
	zufällig*
	zuletzt
	zum – zur
	zurück
	zusammen
	zustimmen*, er stimmt zu, er stimmte zu, er hat zugestimmt
die	**Zwiebel**, die Zwiebeln
	zwölfmal*

* Wort nicht im Grundwortschatz LehrplanPLUS enthalten

Wichtige Fachbegriffe

		Seite
Ableiten	Wörter mit den Umlauten ä oder äu stammen von Wörtern mit dem Vokal a oder dem Zwielaut au ab. Das kann man durch Ableiten überprüfen: *Äste – Ast* *Räuber – rauben*	80, 85
Absatz	Ein Absatz ist ein Textabschnitt.	24, 87
Adjektiv	Adjektive beschreiben, wie jemand oder etwas ist. Manche Adjektive enden auf den Nachsilben -ig, -lich, -isch, -sam: *schön – die schöne Blume; windig, freundlich, spöttisch, mühsam* Adjektive können mit einem Nomen oder einem weiteren Adjektiv zusammengesetzt werden: *blitzschnell, bitterkalt*	29, 30, 31, 40, 47, 106, 107, 126, 127
Alphabet	Das Alphabet wird auch Abc genannt und enthält alle Buchstaben von A bis Z: *Aa, Bb, Cc, Dd …* Im Wörterbuch sind die Wörter alphabetisch geordnet.	149
Artikel	Vor Nomen stehen oft die bestimmten Artikel *der, die, das* oder die unbestimmten Artikel *ein, eine*: ***der/ein** Fisch, **die/eine** Flasche, **das/ein** Gesicht*	9, 14, 58, 59
Ausrufesatz/ Aufforderungssatz	Nach Ausrufen oder Aufforderungssätzen steht ein Ausrufezeichen: *O Schreck**!** Komm her**!***	55, 57, 64, 116, 118, 119
Aussagesatz	Am Ende eines Aussagesatzes steht ein Punkt: *Ich gehe nach Hause**.***	55, 56, 57, 64
Bindewörter	Mit Bindewörtern (weil, damit, obwohl etc.) können Sätze verbunden werden. Dabei ändert sich manchmal die Stellung der Satzglieder. Vor vielen Bindewörtern steht ein Komma. *Ich esse. Ich habe Hunger. Ich esse, **weil** ich Hunger habe.*	111, 118
Buchstabe	Das Alphabet enthält alle Buchstaben: *Aa, Bb, Cc …*	149
Doppelpunkt	Der Doppelpunkt steht am Ende des vorangestellten Redebegleitsatzes. *Max sagt**:** „Ich habe Hunger."*	55, 56, 57, 64
Einzahl	Nomen können in der Einzahl stehen: *der Tisch, die Blume, das Haus*	9, 10, 14
Ersatzprobe	Bei der Ersatzprobe ersetzt du Wörter oder Wortgruppen durch ein anderes Wort oder eine andere Wortgruppe. Die Ersatzprobe hilft dir, Satzglieder zu erkennen und Texte zu überarbeiten. *Florian trifft Max. Er grüßt **ihn**.*	46
Fall	1. Fall: Wer oder was …? *der Mann, die Frau, das Kind* 2. Fall: Wessen …? *des Mannes, der Frau, des Kindes* 3. Fall: Wem …? *dem Mann, der Frau, dem Kind* 4. Fall: Wen oder was …? *den Mann, die Frau, das Kind*	78, 79, 84
Fragesatz	Am Ende eines Fragesatzes steht ein Fragezeichen: *Wohin gehst du**?***	56, 57, 64, 116, 119
Gegenwart	Die Gegenwart ist eine Zeitform, mit der wir Ereignisse beschreiben, die jetzt geschehen: *Ich gehe nach Hause.*	18, 20, 22, 24, 26, 50, 62, 74, 81, 106, 107, 129
Geschlecht	Der bestimmte Artikel zeigt das Geschlecht des Nomens an: *der (männlich), die (weiblich), das (sächlich)*	9, 78, 79, 84
Grundform	Verben und Adjektive besitzen eine Grundform. Verben können in der Grundform oder einer gebeugten Form, der Personalform, stehen. Die Grundform endet auf -en, -eln oder -ern: *schreib**en**, rade**ln**, kletter**n*** Adjektive können in der Grundform oder in den Vergleichsstufen stehen: *schön, schöner als, am schönsten*	18, 26, 30, 40, 68, 81, 98
Hilfsverb	Mit den Hilfsverben *haben* und *sein* wird die 2. Vergangenheit gebildet: *Ich **bin** gegangen. Ich **habe** eingekauft.* Mit dem Hilfsverb *werden* wird die Zukunft gebildet: *Ich **werde** arbeiten.* Weitere Hilfsverben können sein: dürfen, mögen, können, müssen, sollen, wollen	20, 21, 68, 69, 74
Kapitel	Ein Kapitel ist ein längerer Abschnitt eines geschriebenen oder gedruckten Textes. Es besitzt meistens eine eigene Überschrift.	

Konsonant	Im Alphabet gibt es 21 Konsonanten: *Bb, Cc, Dd, Ff, Gg, Hh, Jj, Kk, Ll, Mm, Nn, Pp, Qq, Rr, Ss, Tt, Vv, Ww, Xx, Yy, Zz* Wörter in Häuschen C schreiben wir mit Doppelkonsonanten: *rennen, Zimmer*	22, 27
Mehrzahl	Nomen können in der Mehrzahl stehen: *die Tische, die Blumen, die Häuser*	9, 10, 14
Nachsilbe	Nachsilben sind Wortbausteine am Ende des Wortes. Sie geben uns Hinweise auf eine Wortart. *Nomen: Rett**ung**, Ereig**nis**, Schön**heit**, Ehrlich**keit*** *Adjektive: freund**lich**, wind**ig**, wach**sam**, stürm**isch***	10, 14, 29, 35, 40, 41, 89, 94
Nomen	Konkrete Nomen bezeichnen Menschen, Tiere, Pflanzen und Dinge: *Frau, Hund, Baum, Tisch* Abstrakte Nomen bezeichnen Gefühle und anderes, das wir nicht berühren können: *Glück, Geburtstag*	9, 14, 47, 88, 94, 95
Ortsangabe	Ortsangaben antworten auf die Fragen „Wo …?“, „Wohin …?“, „Woher …?“: *Sie spielt **im Hof**. Sie geht **in den Hof**. Sie kommt **aus dem Hof**.*	44, 52
Personalform	Verben haben verschiedene gebeugte Formen, die Personalformen: *ich hole, du holst, er holt, wir holen, ihr holt, sie holen*	18, 26, 68
Prädikat (Satzkern)	Das Prädikat (Satzkern) ist ein Satzglied. Es kann aus einem oder mehreren Wörtern bestehen. Durch die Frage „Was tut/tun …?“ oder „Was geschieht …?“ finden wir das Prädikat: *Der Hund bellt. Der Hund hat gebellt. Er hebt das Papier auf.*	33, 69, 74, 75, 88, 94
Pronomen	Pronomen können ein Nomen ersetzen. Personalpronomen: *ich, du, er/sie/es, wir, ihr, sie, ihm, ihn, ihr, ihnen* Höflichkeitspronomen: *Sie, Ihnen*	18, 46, 52, 116, 117, 119
Redebegleitsatz	Der Redebegleitsatz gibt an, wer spricht. Er kann vorangestellt oder nachgestellt sein: ***Max sagt**: „Ich habe Hunger.“ „Ich habe Hunger“, **sagt Max**.* Steht der Redebegleitsatz nach der wörtlichen Rede, setzen wir nach den „Anführungszeichen oben“ ein Komma. Ist die wörtliche Rede ein Aussagesatz, fällt der Punkt weg. Ausrufezeichen oder Fragezeichen bleiben erhalten. *„Hallo!“, sagt Ilja.* *„Wie heißt du?“, fragt Lisa.*	55, 56, 57, 64
Redezeichen	Redezeichen kennzeichnen die wörtliche Rede. Max sagt: *„Ich habe Hunger.“*	55, 56, 57, 64
Satz	Ein Satz besteht aus mehreren Wörtern und beinhaltet eine Aussage, eine Frage, eine Aufforderung oder einen Ausruf: *Er geht weg. Geht er weg? Geh weg! O Schreck!*	55, 56, 57, 116, 118, 119
Satzergänzung	Die Satzergänzung (Objekt) bezieht sich auf das Prädikat. Satzergänzungen können aus einem oder mehreren Wörtern bestehen. Wessen-Ergänzung: *Der Ball **des Mädchens** ist rot.* Wessen Ball ist rot? Wem-Ergänzung: *Der Ball gehört **dem Mädchen**.* Wem gehört der Ball? Wen-Ergänzung: *Ich sehe **den roten Ball**.* Wen oder was sehe ich? Weitere Satzergänzungen sind zum Beispiel Zeit- und Ortsangaben.	44, 45, 52, 59, 59, 64
Satzglied	Satzglieder sind die Wörter eines Satzes, die beim Umstellen (siehe Umstellprobe) immer zusammenbleiben. Subjekt und Prädikat sind notwendige Satzglieder. Sie können aus einem oder mehreren Wörtern bestehen: ***Das Mädchen spielt mit den Freunden.*** Weitere Satzglieder sind zum Beispiel Ergänzungen im 2./3./4. Fall, Zeit- und Ortsangaben.	32, 40, 44, 45, 46, 52, 58, 111, 118
Satzgliederprobe	Sätze kann man erweitern, indem man Satzglieder hinzufügt (Erweiterungsprobe) oder umstellt (Umstellprobe). Einzelne Satzglieder kann man weglassen, ohne dass der Satz falsch wird (Weglassprobe) oder ersetzen (Ersatzprobe). Wichtige Satzglieder können besonders betont werden (Klangprobe).	17, 32, 46, 114
Satzzeichen	Es gibt verschiedene Satzzeichen. Punkt, Fragezeichen und Ausrufezeichen stehen am Satzende: *Das Kind spielt. Was spielst du? Komm bitte her!* Am Ende des Redebegleitsatzes steht ein Doppelpunkt, die wörtliche Rede steht in Anführungszeichen, den Redezeichen: *Sie sagte: „Ich möchte spielen.“* Das Komma steht vor Bindewörtern, in Aufzählungen und trennt die wörtliche Rede und den nachgestellten Redebegleitsatz: *Ich esse, weil ich Hunger habe.* *Die Kinder sammeln Nüsse, Eicheln, Bucheckern und Blätter.* *„Ich bin müde“, sagt Max.*	55, 56, 57, 101, 109, 110, 111, 118, 119

Silbe	Wörter bestehen aus Silben. In jeder Silbe gibt es einen Vokal, einen Umlaut oder einen Zwielaut: *Haus, Mäd-chen, Ma-schi-ne*	19, 22, 34, 47, 60, 70, 75, 89, 90, 95, 151
Spalte	Tabellen sind in Zeilen und Spalten gegliedert. Die Spalten verlaufen senkrecht, die Zeilen waagerecht.	111
Subjekt	Das Subjekt ist ein Satzglied. Es besteht aus einem oder aus mehreren Wörtern. Wir finden es auf die Frage „Wer oder was …?“: ***Jana*** *trainiert die Mannschaft.*	33, 40
Überschrift	Eine Überschrift gibt kurz den Inhalt eines Textes oder eines Abschnittes wieder.	12, 50, 77, 82, 106, 107, 122, 152
Umlaut	Vokale und der Zwielaut au können sich verändern, es entstehen Umlaute: a – ä, au – äu, o – ö, u – ü *Rad – Räder, Haus – Häuser, Dorf – Dörfchen, Turm – Türme*	18, 26, 80, 85
Umstellprobe	Mit der Umstellprobe finden wir die Satzglieder eines Satzes: ***Der kleine Junge geht nach Hause.*** ***Nach Hause geht der kleine Junge.***	32
Verb	Verben sagen, was jemand tut oder was geschieht. Verben haben eine Grundform und verschiedene gebeugte Formen, die Personalformen. Wir schreiben sie klein: *malen, male, malst, malt*	18, 26, 35, 41, 47, 95
Vergangenheit	Die Vergangenheit ist eine Zeitform. Die 1. Vergangenheit verwenden wir beim Schreiben: *Gestern* ***ging*** *ich nach Hause.* Die 2. Vergangenheit verwenden wir beim Sprechen: *Gestern* ***bin*** *ich nach Hause* ***gegangen***.	20, 21, 22, 26, 74, 81, 106, 107
Vergleichsstufen	Mit Adjektiven können wir vergleichen: Grundstufe: *warm*; 1. Vergleichsstufe: *wärmer als*; 2. Vergleichsstufe: *am wärmsten*	30, 40
Verlängern	b oder p, d oder t, g oder k? Die richtige Schreibweise am Ende eines Wortes (Auslaut) findet man, indem man das Wort um eine Silbe verlängert. *Hund -> Hunde, Brot -> Brote, König -> Könige*	34, 40, 47, 52
Vokal	Das Alphabet enthält fünf Vokale: *Aa, Ee, Ii, Oo, Uu* Umlaute sind veränderte Vokale: Ää, Öö, Üü, Zwielaute bestehen aus zwei Vokalen: Au, au, Eu, eu, Ei, ei	18, 19, 80, 85, 90, 94, 100, 108, 151
Vorsilbe	Vorsilben sind Wortbausteine am Anfang des Wortes. Sie verändern die Bedeutung von Wörtern: *rechnen –* ***vor****rechnen –* ***ver****rechnen*	88, 94
Wortart	Artikel, Nomen, Adjektive, Pronomen, Verben, … sind Wortarten.	11, 23, 37, 49, 61, 71, 82, 91, 103, 115, 125
Wortfamilie	Wörter, die denselben Wortstamm haben, gehören zu einer Wortfamilie: ***fühl****en, Ge****fühl****,* ***fühl****bar, ein****fühl****sam …*	34, 98
Wortfeld	Wörter, die eine ähnliche Bedeutung haben, gehören zu einem Wortfeld: *gehen, stolpern, rennen, laufen …*	48, 83
Wörtliche Rede	Die wörtliche Rede ist das, was gesprochen wird. Sie steht in Redezeichen. *Max sagt:* ***„Ich habe Hunger.“***	26, 55, 56, 57, 64
Wortstamm	Der Wortstamm ist der Teil eines Wortes, der meist gleich geschrieben wird: ***spiel****en,* ***Spiel****uhr,* ***Spiel****er,* ***spiel****erisch, … /* ***sing****en, ge****sung****en, Ge****sang****, …*	18, 22, 89, 98
Zeile	Texte und Tabellen sind in Zeilen gegliedert. Zeilen verlaufen waagerecht.	85
Zeitangabe	Zeitangaben antworten auf die Frage: „Wann …?“, „Wie lange …?“, „Wie oft …?“: *Ich lese* ***abends****. Eine Unterrichtsstunde dauert* ***45 Minuten****.* *Ich gehe* ***dreimal in der Woche*** *zum Training.*	45, 52
Zukunft	Zukunft ist die Zeit, die vor uns liegt. Sie wird gebildet mit einer Personalform von *werden* und der Grundform des Verbs: *ich* ***werde*** *spielen du* ***wirst*** *gehen*	68, 69, 74, 81
Zwielaut (Diphthong)	Zwielaute sind Buchstabenverbindungen aus zwei Stimmlauten: *Au, au, Ei, ei, Eu, eu*	18, 80, 85

Bildquellenverzeichnis

S. 6 Hausmeister © ClipDealer.com; Rektorin © Kurhan – stock.adobe.com; Lehrerin © AVAVA – stock.adobe.com; Schulkinder © Christian Schwier – stock.adobe.com; Sekretärin © Eléonore H – stock.adobe.com; Eltern © Günter Menzl – stock.adobe.com; Reinigungskraft © runzelkorn – stock.adobe.com; Betreuerin © csp_Lopolo – fotosearch
S. 15 Aufgeschlagener Ordner © Mildenberger Verlag
S. 16 Lagerfeuer © Soloviova Liudmyla – stock.adobe.com; Glut © dederer – stock.adobe.com
S. 19 Junge im Rollstuhl © baranozdemir – istockphoto.com
S. 21 Ötzi © Südtiroler Archäologiemuseum – www.iceman.it
S. 23 Feuermachen © Gianfranco Bella – stock.adobe.com
S. 25 Glasexperiment Kerzen © Mildenberger Verlag; Wasser mit Öl © imagedb_seller – depositphoto
S. 27 Glasexperiment Büroklammer; Aufgeschlagener Ordner © Mildenberger Verlag
S. 29 Junge © michaeljung – stock.adobe.com
S. 31 Gras © Harald Biebel – stock.adobe.com; Hausmodell © Madmaxer – istockphoto.com; Butter © Svetlana Kuznetsova – stock.adobe.com; Baum © Zerbor – stock.adobe.com; Glas © winston – stock.adobe.com; Nagel © Pixabay; Pfeil © andreyuu – 123rf; Messer © TokenPhoto – istockphoto
S. 41 Aufgeschlagener Ordner © Mildenberger Verlag
S. 45 Junge © Juanmonino – istockphoto; Ritterkampf © Tatiana Morozova – 123rf
S. 48 Hildegard von Bingen © mauritius images / McPHOTO / Steve Mark
S. 50 Arme Ritter – Rezeptfotos © Mildenberger Verlag
S. 51 Eierkuchen © Aliaksandr Mazurkevich – 123rf
S. 53 Kartoffeln schälen © kazoka303030 – stock.adobe.com; Kartoffeln reiben © segenvitaly – stock.adobe.com; Mehl zufügen © fox17 – stock.adobe.com; Umrühren © fox17 – stock.adobe.com Reibekuchen in Pfanne © Andreas Jantzen – stock.adobe.com; Reibekuchen auf Teller © Andrea Wilhelm – stock.adobe.com; Aufgeschlagener Ordner © Mildenberger Verlag
S. 54 Ballettschuhe © Konstantin Yuganov – stock.adobe.com; Boxhandschuhe © Tobias Kaltenbach – stock.adobe.com; Bücher © Friedberg – stock.adobe.com; Fußball © Paul W. Brian – stock.adobe.com; Gitarre © Vladislav Lebedinski – stock.adobe.com; Wave-Board © Lucky Dragon USA – stock.adobe.com; Auto Legotechnik © magicpen_pixelio.de; Puppenhaus © Glenda Powers – istockphoto.com; Kette Herzchenform © colourbox; bunte Perlen © colourbox
S. 59 Dialog Mädchen-Junge © Syda Productions – shutterstock
S. 60 Mädchen, Hände aufgestützt © sawitreelyaon – stock.adobe.com
S. 64 Aufgeschlagener Ordner © Mildenberger Verlag
S. 65 Mädchen, dunkelhäutig © Jose Manuel Gelpi Diaz – Dreamstime; Junge, Hände Hosentaschen © ljupco – 123rf
S. 66 Rio de Janeiro © Pixabay; Berlin © JFL Photography – stock.adobe.com; Mädchen © ChristArt – stock.adobe.com; Junge © Angela Köhler – stock.adobe.com
S. 67 Stadtbild Tokio © f11photo – stock.adobe.com; Mädchen Japan © mamahoohooba – stock.adobe.com; dunkelhäutiger Junge © Claudia Paulussen – stock.adobe.com; Mombasa © picture alliance / Bildagentur-online / Rossi
S. 68 Mädchen Japan © mamahoohooba – stock.adobe.com; Mädchen © ChristArt – stock.adobe.com; Junge © Angela Köhler – stock.adobe.com;
S. 69 dunkelhäutiger Junge © Claudia Paulussen – stock.adobe.com
S. 73 Rettungssanitäter schieben Patienten in den Wagen © William Perugini – 123rf; Blick in Krankenwagen © Weste – pixelio; Notfallzentrale © TerryJ – istockphoto; Behandlung im Krankenwagen © kzenon – 123rf; Krankenwagen © Leesle – istockphoto
S. 75 Aufgeschlagener Ordner © Mildenberger Verlag
S. 76 Jane Goodall © Jeekc – commons.wikimedia.org; Howard Carter © National Photo Company Collection (Library of Congress), 1924; Marie Curie © commons.wikimedia.org
S. 77 Jane Goodall, beide Bilder © commons.wikimedia.org
S. 79 Jane Goodall © Jeekc – commons.wikimedia.org
S. 81 Tutanchamun Maske © Commons.wikimedia.org; Ägyptischer Siegelring © commons.wikimedia.org
S. 85 Aufgeschlagener Ordner © Mildenberger Verlag
S. 89 Mädchen © ArtFamily – stock.adobe.com; Münchhausen Porträt © G. Bruckner – commons.wikimedia.org
S. 90 Münchhausen-Denkmal © Franzfoto – Wikimedia Commons; Zeh © Arve Bettum – 123rf ; Reh © coffeemill – stock.adobe.com; Schuh © Elnur Amikishiyev – 123rf; Kuh © BJFF – stock.adobe.com
S. 95 Aufgeschlagener Ordner © Mildenberger Verlag
S. 96 Schachbrettfalter © Cornerstone – pixelio.de; Blässhuhn © kklausi – Pixelio.de; Sumpfschwertlilie © commons.wikimedia.org; Kuckuck © Dûrzan Cîrano – commons.wikimedia.org; Eisvogel © Lukasz Lukasik – commons.wikimedia.org; Haubentaucher © Alexander Erdbeer – stock.adobe.com; Komoran © photomic – stock.adobe.com; Buntspecht © Olaf Kloß – stock.adobe.com; Pirol © Natureatyorbackyard – commons.wikimedia.org; Biber © Christian Musat – 123rf.de
S. 97 Star © pixabay; Haussperling © commons.wikimedia.org; Wintergoldhähnchen © commons.wikimedia.org; Buchfink © MichaelMaggs – commons.wikimedia.org; Feldlerche © commons.wikimedia.org; Grünfink © commons.wikimedia.org; Zilpzalp © commons.wikimedia.org; Feldsperling © commons.wikimedia.org; Goldammer © commons.wikimedia.org;
S. 100 Andreas Kieling © obsZDFAndreas Kieling; fischende Bären © Galyna Andrushko – 123rf
S. 101 Bären © Andrea Marzorati – 123rf
S. 102 Münchhausen-Denkmal © Franzfoto – Wikimedia Commons
S. 103 Schwanenfamilie © Klaus Brauner – stock.adobe.com; Blauer Frosch © mauritius images / imageBROKER / Lutz Gerken
S. 108 Luchs © byrdyak – 123rf; Elche © Pixabay; Feldhamster © Agnieszka Szeląg – commons.wikimedia.org; Otter © abxyz – 123rf; Steinbock © H.sch.57 – commons.wikimedia.org; Biber © Christian Musat – 123rf.de
S. 109 Aufgeschlagener Ordner © Mildenberger Verlag
S. 110 Tower Bridge © Pixabay; Windmühle © Udo Ockema – commons.wikimedia.org; Eiffelturm © Pixabay; Akropolis © Harrieta171 – commons.wikimedia.org; Brandenburger Tor © Sliver – stock.adobe.com; Collosseum © Sliver – stock.adobe.com; Hagia Sophia © Faraways – stock.adobe.com
S. 115 Klettergarten © MITO images GmbH / Alamy Stock Photo
S. 119 Aufgeschlagener Ordner © Mildenberger Verlag
S. 120 Weltkarte, grau (Hintergrund Smartphone – Überschrift) © cunico – stock.adobe.com; Nachrichtensprecherin © PHOENIX; Fahnen vor EU-Parlament Strasburg © Rainer Sturm – Pixelio; Fahnen auf Weltkugel, Grafik © Denys Rudyi – stock.adobe.com; EU-Fahnen vor Gebäude (Laptop) © Pixabay; Smartphone © jojje11 – stock.adobe.com; Laptop © guteksk7 – stock.adobe.com; Zeitung © Kanitta – stock.adobe.com; Bundestag, Berlin © Andrea Damm – Pixelio; Fernseher_Vektorgrafik © aey – stock.adobe.com; Fußballer © snaptitude – stock.adobe.com; Stimmungsbild: Schule © uatp2 – istockphoto; Stimmungsbild: Fußball (im Laptop) © Pixabay; Stimmungsbild Fußball (im Smartphone) © Pixabay; Radio grün © specialistas69 – stock.adobe.com; Stimmungsbild Fußball Zeitung © Pixabay
S. 130 Hai © leonidp – stock.adobe.com; Brot © w.r.wagner – Pixelio; Hexe © Bernd Sterzl – pixelio.de; Pfeil © VanReeel – stock.adobe.com; Fuchs © Eric Isselée – stock.adobe.com; Cookie © Pixabay; Klecks © Pixabay; Taxi © ollo – istockphoto.com; Boxer © vadymvdrobot – 123rf
S. 131 Junge mit Smartphone © dolgachov – 123rf; Aufgeschlagener Ordner © Mildenberger Verlag
S. 133 Bärlauch, Spitzwegerich, Löwenzahn © www.BioLib.de – Wikimedia Commons
S. 139 Enten im Winter © John Sandoy – stock.adobe.com; Amsel im Winter © Ingo Bartussek – stock.adobe.com
S. 141 Fotografien Gruppenarbeit © Mildenberger Verlag
S. 142 / 143 Lerngespräch © Mildenberger Verlag
S. 146 denkender Junge © Gelpi – shutterstock
S. 149 Junge, stehend © JohnnyGreig – istockphoto; Mädchen, Schneidersitz © julenochek – stock-adobe.com
S. 150 denkendes Mädchen, denkender Junge © Gelpi – shutterstock
S. 151 Mädchen, Daumen hoch © Jhogan – Dreamstime.com; denkendes Mädchen © Gelpi – shutterstock
S. 155 Mädchen am Laptop © Max Topchii – stock.adobe.com

Liedquellenverzeichnis

S. 132 Die Blumen tanzen Rock 'n' Roll: M + T: Wolfgang Spode, © Fidula-Verlag, Boppard / Rhein
S. 135 Die vier Jahre geh'n zu Ende: M: Reinhard Horn, T: Rita Möders, Dorothee Schröder, © Kontakte Musikverlag, Ute Horn, 59557 Lippstatt
S. 136 Jahreszeitenlied: Text und Melodie: Gerda Bächli, Musikverlag zum Pelikan, Hug & Co., Zürich
S. 138 Herr Winter stammt vom Kaukasus: M: Heinz Lemmermann, T: James Krüss, © Fidula-Verlag, Boppard / Rhein

Textquellenverzeichnis

S. 16 Das Feuer, James Krüss, aus: „Der wohltemperierte Leierkasten", Mohn Verlag, Gütersloh 1961
S. 61 Mädchentore zählen doppelt. Nach: Mädchentore zählen doppelt, Cornelia Franz, aus: „Geschichtensafari", Hrsg. Ellen Frömming, Beltz & Gelberg, Weinheim / Basel 2011
S. 97 Diagramm: ©Vögel in Deutschland 2013. Hrsg. von C. Sudfeldt u.a. im Auftrag des Dachverbandes Deutscher Avifaunisten (DDA), des Bundesamtes für Naturschutz (BfN) und der Länderarbeitsgemeinschaft der Vogelschutzwarten (LAG VSW): Datenaufbereitung durch Mildenberger Verlag GmbH
S. 98 / 99 Die „h-Regel". Nach: Nero Corleone – Eine Katzengeschichte, Elke Heidenreich, Sanssouci im Carl Hanser-Verlag, München 2007
S. 100 Papa, wann darf ich mit? nach: „Der Bärenmann. Vater und Sohn unter Grizzlys in Alaska", Andreas Kieling, © 2004 by Hoffmann und Campe Verlag, Hamburg
S. 108 Diagramm: © BfN; Datenaufbereitung durch Mildenberger Verlag GmbH
S. 113 Max und Moritz auf Alemannisch, Rosemarie Bannholzer, aus: „Geschichten von Wilhelm Busch", Concept Design GmbH 1999
Max und Moritz in verschiedenen Mundarten, Manfred Görlach, aus: „Max und Moritz von A bis Z", Universitätsverlag C. Winter, Heidelberg 1995